U0455238

人生的活法

生生世世
未了缘

[美] 刘墉　著

花山文艺出版社

图书在版编目（CIP）数据

生生世世未了缘：人生的活法 ／（美）刘墉著 . -- 石家庄：花山文艺出版社，2022.10

ISBN 978-7-5511-6193-0

I. ①生… II. ①刘… III. ①散文集－美国－现代 IV. ① I712.65

中国版本图书馆 CIP 数据核字（2022）第 120908 号

经刘墉授权在中国大陆地区独家出版发行

书　　名：**生生世世未了缘：人生的活法**
Shengshengshishi Weiliao Yuan: Rensheng De Huofa

著　　者：（美）刘墉

责任编辑：梁东方　　王李子

责任校对：李　鸥

美术编辑：王爱芹

装帧设计：赵银翠

出版发行：花山文艺出版社（邮政编码：050061）
（河北省石家庄市友谊北大街 330 号）

销售热线：0311-88643221 / 34 / 48

印　　刷：大厂回族自治县德诚印务有限公司

经　　销：新华书店

开　　本：620 毫米 ×889 毫米　1/32

印　　张：7

字　　数：83 千字

版　　次：2022 年 10 月第 1 版
　　　　　2022 年 10 月第 1 次印刷

书　　号：ISBN 978-7-5511-6193-0

定　　价：30.00 元

自 —— 序

生生世世未了缘

最近在美国，有个男人被抓了，因为他同时拥有四个老婆，而四个老婆都以为自己是"他"唯一的太太。

他总是提起行囊，在妻儿的祝福下出门，说是要到远方做生意。然后开几个小时的车，到另一个老婆家，接受热情的拥抱。

　　每次"倦游归来"，他总是惭愧地摊摊手，说这次的远行，又一无所获。

　　每次，他的妻子们都拥吻着他说："没关系，我有工作，家里也不缺钱，只要人回来就好！"

　　当那四个女人发觉真相时，都自认是丈夫最爱的女人。当记者访问她们时，每个人都说：

　　"我不恨他，他很爱我，很爱孩子，很爱这个家。他在外面太寂寞了！只要他回到我身边就好！"

　　有个朋友看到这则新闻，打电话给我：

　　"糟了！只怕我也有另外一个家。"

　　"这是什么意思？有就是有，为什么说'只怕'？"

　　"因为我总是做同样的一个梦，梦见一栋大房子，门口有对石柱，柱子下开着一丛丛的小黄花。梦见我一次又一次走进大门，接受一个女人和两个孩子的拥抱。他们好激动，都流着泪，怨我为什么离开那么久才回来。

那房子好大、好漂亮，但是天花板漏水，门楣都垮了。"他紧张地说，"每次我都觉得好惭愧，怪自己为什么弃他们于不顾。然后对他们说：'这次我不会再走了，我会好好把家收拾一下！'可是才说完，梦就醒了！"

"不过是个梦罢了！"我安慰他。

"可是太真了！又让我太矛盾了！每次梦醒我都想，如果我真在梦里的那个家留下，不是又亏欠我现在的这个家了吗？"顿了一下，他喃喃地说，"最起码，我也应该把梦里的家修好了，别让那边的老婆孩子淋雨，才能醒过来啊！可是，可是为什么每次还没动手修，梦就醒了呢？"

想起少年时听过的鬼故事。邻村一个男人，家里盖房子，上梁那天，因为缺样工具跑出去借。大概心急，居然骑着脚踏车硬闯平交道，被疾驰而来的火车正正地撞上。

从那天晚上，他家里就总是传出钉钉子、锯木头的声音。后来房子盖好了，奇怪的声音还是不止。有人绘声绘色地说，见他进进出出扛木料。也有人讲，这样厉死的人，死的时候心里只惦记着家里的房子，那魂就舍不得投胎，宁愿回到原来的家里，完成未竟的工作。

"他会一直做，一直做。我们阳间代他做好的，他看不到，可是他已经成了没有形体的孤魂野鬼，怎么做，也做不出成绩。这就是为什么闹鬼的地方，会一直出现同样的鬼影和声音的道理。"说鬼故事的人瞪大眼睛，"直到有一天，他不得不去投胎，去另一个人家，过另一生。"

问题是，另一生又有另一生的最爱、另一世的新

欢，如果来生又有未了的心愿，而不得不死，当他的
灵魂离开躯体，会不会想起自己前面的一生，甚至生
生世世的"未了缘"呢？

虽说人能忘情，虽然许多人在追求"了却尘缘"
的境界，但这世间，有几人，能平平安安、一无牵挂
地离开？

像是远行的人，他们回头，回头，又回头。如果
车能等，飞机也能等，你再给他十天八天，他仍然有
做不完的事，他仍然舍不下那个家。

只是，我们生生世世都有家，都舍不下。如果世
间有轮回，我们又都能轮回到人间，不就像那有四个
老婆、四个家的美国男人，总是走出今生的这个家，
进入来生的那个家吗？

如果有一天，我们离开躯体，神游太虚，过去的
生生世世，都浮现在眼前。有我们死时仍嗷嗷待哺的

孩子、仍在建造的房子、正热恋的情人，以及许许多多只有我们自己才能拯救的爱妻、爱夫与爱子。

　　如果上帝说："选一个吧！让时光倒流，让你回到那一世，去续一段未了的尘缘！"

　　我们该选哪一世？

前——言

一连串的挣扎与感动

每天晚上入睡前，我都会看书。

我的床头摆着厚厚两摞书，让我能"轮着"看。我常这本翻几页、那本翻几页，好像看报纸上的连载一般。

我觉得这是个不错的读书方法。可以一方面比较每本书的差异，一方面吸收平均的知识。而且由于每拿起一本书，都得"重温"一下前面才接得上，使我能印象更深，记得更牢。

我也常拿起自己的书，翻几页，好像翻起尘封的岁月。我觉得别人写的都比我的好，但不知为什么，每次看自己的，仍然有着很大的感动。

"它使我掉下眼泪。"

许多读者都对我说过同样的话，甚至有一位报社的男记者，很不好意思地问我："为什么？"

"我不知道。"我说，"只记得前天早上，翻开报纸，看到《联合》副刊上登出我的一篇文章，我一边看，眼泪一边落在报上。"

"对！我看你那一篇，眼泪也掉了下来。"他说。

大概因为我写的心声，触动了读者的心声吧！我们都是人，都是平凡的人，有着一切人的喜怒爱憎，也能用自己的感受，了解别人的感受。

我只是把那感受说出来而已。

有时候说出"真实的感受"是件残酷的事，我那学心理学的儿子就曾讲过："老爸，你不要以为在为青少年咨商的时候，说出他心里的事，他一定会感激你。错了！有些人反而会恨你！恨你为什么要'点破'。"

在我的文章里，可能点破一些东西。我不觉得那是错，只觉得自己在说真话。如果一个作家，在今天仍然顶着个大帽子，戴个大面具，还有什么意思？

我好庆幸，自己处在历史上"最能说话"的时代。十年前，我还有好多东西不敢写，但是今天，我都写了出来。

虽然这本书不像《冷眼看人生》或《我不是教你诈》，而是一本"写情"之作，但是，我仍然有些"一吐为快"的东西。

我写了为女性说话的《轻轻摘下那顶绿帽子》，

写了为父亲说话的《没了手的爸爸》，写了为子女说话的《别挡住春天》，写了为养父母说话的《养的恩情大过天》，写了为老人说话的《当老人变成孩子》，还写了为风尘女子说话的《小童工的笑与泪》与《当我们年轻的时候》。其中有些文章，在发给报社时，主编都表示了不同的意见。但是我坚持到底，文章刊出之后，居然不仅本地有不错的反应，连美国和新加坡、马来西亚的报纸，都进行了转载。

我文章的第一个读者——我太太也常有这样的表现。我当面拿文章给她看，她往往对内容有意见。但是相反的，如果我把文章留在桌上，又故意躲开。看她在荧荧一灯下，慢慢地读。读完，缓缓关上灯，沉沉地走出书房。

隔一阵儿，再问她觉得如何，她则常常点头。

人就是这样，许多事当面挑明，是欠礼貌的。对方为了"道学"，也得表示一下立场。但是让他私下想想，就会默默同意了。

因此，我衷心盼望：读者能在安静独处的时候，看这本书，不必讨论，不必争议，只是用心去感觉——那是不是真的？

本书从"自序"部分和书名看，似乎有不少轮回的瞩望。但是当您看完整本书，尤其最后一篇之后，或许会发觉我所说的"生生世世"竟可能在⋯⋯

请不要立刻就去翻最后那篇。

请一篇一篇看！像是我们一天天过日子。

因为生命不能一下子跳过去，生命是日日夜夜的挣扎与感动。

这本书就是以一连串的挣扎与感动累积成的！

目 —————— 录

生生未了缘

• • •

漂泊之歌

亲子未了缘

天地未了缘

生　生　世　世　未　了　缘

今生未了缘

生生世世未了缘

情深未了缘

缘来缘往，缘起缘灭，

缘总在我们的四周，我们总在缘的里面。

多情却似总无情

　　妻的眼睛不好，所以自从到美国，就常去看一位眼科名医。

　　每次从诊所出来，妻都要怨："看了他十几年，还好像不认识似的，从来没笑过，拉着一张扑克脸。"

　　有一天去餐馆，远远看见那位眼科医生，他居然在笑，还主动跟妻打招呼。妻开玩笑地说："真稀奇，我还以为你从来不会笑呢！"

眼科医生笑得更大声了，突然又凑到妻耳边，小声地说："你想想，看病的时候我能笑吗？一笑、一颤，手一抖，激光枪没瞄准，麻烦就大了。"说完，又大笑了起来。

饭吃一半，那医生跑过来，举着杯敬妻。脸红红的，看来有几分醉了。喝下酒，话匣子打了开来：

"你知道在美国，医生自杀率最高的是哪一科吗？"他拍拍自己的胸脯，"是眼科医生！"停了几秒钟，抬起红红的眼睛，"想想！揭开纱布，就是宣判。看见了？看不见？你为病人宣判，也为自己宣判。问题是，前一个手术才失败，下一个病人已经等着动刀，你能伤感吗？所以我从来不为成功的手术得意，也不为失败的手术伤心，我是不哭也不笑的。只有不哭不笑的眼科医生能做得长，也只有不哭不笑的眼睛看得清，使病人的眼睛能哭能笑。"

　　他这几句话总留在我的脑海中。有一天在演讲里提到，才下台，就有一位老先生过来找我。老先生已近八十了，抗战时是军医，他拉着我的手，不断点着头说：

　　"老弟啊！只有你亲身经历，才会相信。那时候，什么物资都缺，助理也没有，一大排伤兵等着动手术，抬上来，开刀，才开着，就死了。没人把尸首抬走，就往前一推，推下床去，换下一个伤兵上来。"

　　我把眼睛瞪大了。

　　"是啊！"老先生很平静，"死人可以等，活人等不及啊！有时候手术台前面，堆了一堆尸体。救了不少，也死了不少。你能伤心吗？你有时间去哭去笑吗？所以，只有不哭不笑的人能撑得下去，只有不哭不笑的医生，能救更多人。"

　　到深山里的残障育幼院去。才隔两年，老师的面孔全不一样了。

　　"一批来、一批去，本来就是如此。"院长说，"年纪轻轻的大学毕业生，满怀理想和爱心，到这里来，抓屎、倒尿，渐渐把热情磨掉了，于是离开。然后，又有新的一批跟上来，不是很好吗？"

　　说着，遇见个熟面孔，记得上次我来，就是他开车送我。

　　"王先生是我们的老义工了。"院长说。

　　我一怔，没想到那位满脸皱纹、皮肤黝黑的中年人，竟然是不拿钱的义工。

　　"他在附近林班做事，一有空就来。水管破了，今天他忙死了。"

　　"他是教友吗？"

　　"不！他什么都不信。他只是来，只是做，做完就走，隔天又来。你不能谢他，他会不好意思。只有这种人，能做得长。"

到同事家里做客，正逢他的女儿送男朋友出国，两个人哭哭啼啼，一副要死的样子。

"年轻人，太爱了，一刻也分不开。"同事说，"只怕很快就要吹了。"

"这算哪门子道理？"我笑道。

"等着瞧！教书教了几十年，我看多了，愈分不开，变得愈快。"

果然，半年之后，听说两个人吹了。都不再伤心，都各自找到新的恋人。

想起以前研究所的一位室友，不也是这样吗？

刚到美国的时候，常看他打越洋电话。在学校餐厅端盘子，一个钟头三块钱，还不够讲三分钟的电话。

常听两个人在电话里吵架，吵完了哭，哭完了又笑。女孩子来看过他一次，也是有哭有笑。激情的时候，把床栏杆踢断了；吵架的时候，又把门踹了个大洞。

只是，当女孩离开后，他神不守舍两三天，突然说："才离开，就盼着再碰面；才碰面，心里又怕分离。爱一个人，真累！"然后，他去了佛罗里达，不久之后结了婚，娶了一个新去的留学生。

少年时，我很喜欢登山。

记得初次参加登山队，一位老山友说：

"我发现在登一座高山之前，那些显得特别兴奋的年轻人，多半到后来会爬不上去。因为他们才开始，心脏就已经跳得很快，又不知道保存体力。但是那些看起来没什么表情，一路上很少讲话，到山顶也没特别兴奋的人，能登上一座又一座的山峰。"

也记得初登山时，常对着群山呼喊，等着听回音。有时候站在几座山间，能听到好几声回音。

有一次正在喊，一位老山友却说：

"别喊了！浪费力气。真正登到最高峰，是没有回音的。"

不知为什么，最近这两段老山友的话，常袭上我的脑海。我渐渐了解什么是"多情却似总无情""情到浓时情转薄"，也渐渐感悟到什么是"太上忘情""情到深处无怨尤"。

只有不喜不悲的人，能当得起大喜大悲。也只有无所谓得失，不等待回音的人，能攀上人生的巅峰。

无限的爱

女儿画了一颗大大的红心，又在上面用各种彩色笔，写了七行"我爱你"。

"为什么要写七行？"我问她。

"因为我们家里有七个人。"小丫头一行行指着说，"我等下要把它剪成一条条。一条给你，一条给妈妈，一条给哥哥，一条给公公，一条给奶奶，一条给婆婆。"

"还剩一条呢？"

"给我自己。"

"哦！"我笑了起来，"原来你的爱只有七分之一，这么一点点给了爸爸！"

小丫头猛抬头，瞪着眼睛喊："不！每个人都是全部！"

"你只有一颗心，怎么可能呢？"我又笑着逼问她。

"当然可能！"小丫头居然哭了起来，大声喊着，"通通都有。"

听过一个有趣的故事——

一位妇人带着两个很小的孩子坐公共汽车。下车之后，车开走了，才发现有个孩子没跟下来。

妇人急了，将手上的孩子一把交给路人："帮我看

I LOVE YOU
I LOVE YOU
I LOVE YOU
I LOVE YOU
I LOVE YOU
I LOVE YOU
I LOVE YOU

着这个孩子。"话没说完，就飞奔去追公共汽车。

追了好几站，居然真被她追上了。把孩子拉下车往回跑，跑到"原点"，发现交给人的孩子又不见了。原来路人不敢负责，把孩子送去了警察局。

妇人一路哭到警察局，看到孩子，不哭了，回头就给身边孩子一巴掌："都怪你没下车，差点儿弟弟也丢了。"

警察看不过去，说那妇人：

"明明是你自己的错，先丢了那个孩子，又扔下这个孩子，你自己有没有脑筋啊！你是不是比较爱那个，比较不爱这个啊！"

"爱就是爱，我统统爱，有什么好比较的？"妇人不服气地说。

有个朋友，生活苦，又连生五个小孩。

做母亲的眼看女儿一个接一个生，怎么教、怎么劝，都没用，气得逢人就说："我女儿有一天要是累死，那绝不是累死的，是笨死的！"

有一天出去，由女儿开车，一个孩子挂在怀里，一个孩子绑在前座，三个大的关在后座，由老太太管理。

一路上五个孩子大哭小叫，老太太头都要炸了。却见女儿在高速公路上，一边开车，一边回头盯着捣蛋的孩子笑。

"你专心开车！回头看什么？"老太太吼道。

"我看他们好可爱！"

老太太后来对我说："要是有一天，我女儿出了车祸，绝不是技术不好，而是爱得太多。"

到一个朋友家做客，她一边为大家斟酒，一边说大孩子该出门约会了。果然，话才完，大孩子就从楼上下来，匆匆冲出门去。

吃饭时，她一边端菜，一边对丈夫说："该开演了。"原来当天晚上，她家的老三在学校有表演。

饭后聊天，她一边为大家倒茶，一边说："老二该到家了。"跟着就见老二进门。

"好像三个孩子全在你的算计中。"我笑道。

"不是在算计中，是挂在心里面。"她指指心，"我这个做妈的，没办法把自己拆成三份，但是可以把心分成三份。"

"每个孩子三分之一？"

"不！每个孩子都百分之百。"

常听做父母的问孩子："你比较爱爸爸，还是比较爱妈妈？"

　　常听子女不平地问父母:"你们比较爱哥哥、姐姐,还是爱我?"

　　也听过夫妻吵架,一方质问对方:"你到底爱我,还是爱你妈?"

　　问题是,爱像蛋糕吗?这边切多一点,那边就剩少一些,抑或爱能同时向几个对象表达出百分之百?

　　曾在电视里,看见一位贫苦的黑人母亲,搂着她的一群儿女说:"我很穷,幸亏我有许多子女、许多爱。我能给他们每个人百分之百的生命,也能给他们每个人百分之百的爱。爱就是生命!"

　　爱是生命,生命是为了爱!

　　当我们能为所爱牺牲生命时,就表现了百分之百的爱,因为牺牲的是百分之百的生命。只是,我们唯有一个身体,却可能有许多"生死与之的爱",使我们常不得不放下一群羊,去找另一只迷失的羊。如同那位母亲，扔下一个孩子，去找另一个，再回头找这一个。

或许这就是爱的矛盾吧！我们与其恨自己有太多的爱，却只有一个身体，一个生命，不如说：

"谢谢上苍，虽给我一个身体，却能让我有许多爱，爱自己、爱亲人、爱朋友、爱大地、爱生命。每种爱都是真真实实、完完全全，且愈爱愈深、永永远远……"

被他疼爱一生

朋友的孩子结婚，教堂里乐声悠扬，新娘在父亲的牵引下，走上红地毯，黑人女歌手唱出嘹亮的赞美诗。

"好美哟！"前座的三个女孩，小声地交谈。

"什么？"

"歌声！"

"还有教堂。"

"对！就是这种感觉，好神圣、好完美！"

"好向往！"

"可不是吗！我可以不嫁人，但一定要结婚！"

"对！一定要来教堂，结这么一次婚！"

小时候，我家楼下开了一所"女子英文秘书班"。学生不多，所以都成了熟朋友。

有个女孩，大概十八九岁，总带着一团线和钩针，一下课就织，连聊天、看电视，手都不闲着。

"我喜欢这种感觉，慢慢地，一针一针，好像在想事情，又好像没有想，让阳光洒进来，微风吹进来，好像小时候看见的妈妈。"然后，她歪歪头，笑笑，"好想结婚哟！但一定要嫁个有钱的丈夫。"

"为什么？"我问。

"有钱的丈夫才能买大沙发、大钢琴、大餐桌、大冰箱，让我摆我的针织啊！"

到马来西亚巡回演讲，一群年轻人，开辆小巴士，由吉隆坡送我去槟城。

女孩们不断放一盘录音带，并跟着其中的歌声，轻轻地哼，微微地摇摆。

"为心爱的人做一份早餐……"一群小女生用短短的音，轻灵地齐唱，歌声带着笑意也串着梦想。

"好想结婚哟！"一个女生说，"好想为他做一份早餐。"

"可是你连男朋友都没有！"另一个女生笑她。

"所以要找一个，找一个睡起来像大孩子的。然后，在他轻轻的鼾声中，我偷偷溜下床，为他烧好一份可口的早餐，再让他在咖啡的香味中醒来。"

"好美哟！"一群女生一起喊，"好想结婚哟！

一个以前教过的女学生来访。

"现在上班愈来愈辛苦。"她摇着头说，"男人不再把我当女生看，把我当女人看。"

"难道以前不一样吗？"

"以前我小，他们比较客气。"

"他们现在对你不客气？"

"应该说没以前那么疼爱，呼来喊去的。"停了一下，她抬起头瞪大眼睛说，"老师，你知道吗？女生是应该被疼爱的。我要找个疼我的男人，我好想结婚哟！"

闲聊时，我对秘书提到学生的话。

秘书一笑："她讲得真对！女人哪，最能干的有帮夫运，最幸福的有旺夫运。"

"有什么不同吗？"

"帮夫多辛苦啊！你要帮着丈夫应酬，帮着丈夫打拼。还是旺夫好，你只要乖乖在家守着，做个可爱的小女人，让丈夫疼爱，买好吃的、好穿的、好戴的回来给你享用。"

"这怎么会旺夫呢？"

"当然会旺夫，丈夫为了家里可爱的小女人，拼命努力，拼命赚钱，愈赚愈多，还能不旺吗？"她神秘地一笑，"所以啊！女人就要做女人，发挥女人的长处，站在男人背后，守着他的窝，拴着他的胃，牵着他的心。为他披上盔甲，看他骑上战马，再抛给他一朵花、一个吻，让他勇敢出征，奏凯而归！"

每次把小女儿抱在膝上，喂她吃东西，我都有一种很满足的感觉，好像出外觅食的公鸟，把虫放进小鸟的嘴里。

然后，我便想，等她长大了，做了妈妈，一定也

会这样喂她的孩子。 不过我又总会笑笑，心里对女
儿说：

"希望你有旺夫运，先找到个疼你的丈夫，像我
一样，把你抱在膝上，把最可口的东西，放在你的小
嘴里。"

过去我盼望她做个女强人，要比男人都能干。 不
知为什么，我近来改了。 常想起那个钩桌巾的女生的
话。 想我的小女儿，有个大房子，坐在窗前，慢慢
地、一针一针地钩。 让阳光洒进来，风吹进来……

我祈祷她能做个永远快乐的小妇人，让我呵护着，
轻轻松松、快快乐乐地长大。 然后，找到那个属于她
的"他"，被他疼爱一生。

当老人变成孩子

天热，吃凉面。

"你不知道吗？我从来不爱吃面。"八十七岁的老母，居然把碗一推，转身去冰箱拿了面包和肉松。一边把肉松往面包里夹，一边没好气地说，"看到面，我就想起你老叔，想起他，我就有气！那年，我刚嫁到你们刘家，你奶奶怪，你老叔更浑蛋。给他做了面，他偏要吃饺子；等他吃完饺子，我回头吃那碗面，早凉了！我一边吃，一边掉眼泪。告诉你！记住了！妈从那时候开始，就恨吃面。"

　　吃完饭，一家人在餐桌上吃水果。五岁小孙女的水果，照例由奶奶料理。

　　将近九十岁了，老人家的手还挺稳，削完了苹果又切桃子。

　　"我要桃核！"小孙女喊着，"我要去种。"

　　"种桃子干什么？"老奶奶停下刀，叮嘱着小孙女，"要种杏，别种桃！"

　　一桌人都怔了。

　　"'桃'就是'逃'！我逃一辈子了，先逃'老义军'（军阀），再逃小日本，还逃得不够吗？"老奶奶喃喃地说，"所以要种就种杏，幸幸福福过几年太平日子。"

　　不知为什么，跟着老母四十多年，最近却听了她一堆新故事。说实在话，我从不知她不爱吃面，也不晓得她忌讳种桃子。怎么一下子，全出笼了？连最近小女儿跟她学的儿歌，都是我以前没听过的。

"怎么没听过？我从小就唱！"老母还不承认，"我爹教我的。"

最近提到我外公，老母的表现也不一样了。以前她恨他，恨他又娶了个小，现在却"我爹，我爹"叫得愈来愈亲切。好像她缩小了，我外公又站在了她的面前。

于是那个原来所谓不苟言笑、偏心、重男轻女的老头子，便一下成了会说故事、会唱儿歌、会买咕咕钟的"好爸爸"。

"我爸爸也一样。"一位老朋友颇有同感，"以前提到我爷爷，他都好像要立正似的，说'我的父亲'，可是这两年不同了，他会说'我阿爸带我去抓鱼'，

'我阿爸教我游泳'。 当你看他说话的样子，他不再是
我的爸爸，倒成了一个孩子。"

　　老人家确实愈来愈像个孩子。 过去她很不喜欢小
孩，后来只爱自己的孙子、孙女，现在则只要是孩子，
她就喜欢。

　　有一天，妻带她从外面回来，看她提个重重的塑
料袋，我问她买了什么。

　　"买什么？ 你不会感兴趣的！ 全是糖，给小孩
吃的。"

　　每次有小孩来玩，不论是亲戚的小孩，或邻居的
洋孩子，就都往她的房里钻。 每个人出来，都鬼鬼祟
祟的，捂着口袋。 说老奶奶叫他们别说，把糖偷偷吃
掉，或藏起来。

　　只是老人也像孩子般，愈来愈跟人分你我。 好比

爱藏玩具的孩子，什么东西都要是自己的。

原来几大瓶维生素，放在厨房，一家人吃，只要去拿就成了。不知从什么时候开始，老人自己存了一瓶。吃完饭，一定要回房，吃自己的。

原来一家人围着看电视，现在老人也叫我又为她买了一台，放在她的房间，常躲在屋里自己看。还把小孙女找进去，和她一起看卡通片。

她真成了个孩子，使我想起儿子小时候，喜欢用纸盒子和脚踏车围成一圈，然后躲在里面，说那是他的家。过去年轻时，她喜欢串门聊天，现在还喜欢，只是不再出去串门，而希望别人来我们家，而且最好是能进她的房间，坐在她的床边，跟她讲悄悄话。

有一天，我在花园工作，老母迈着解放小脚，一步步凑过来，又拉着我的袖口，走到院子一角，神秘

兮兮地说："来！妈问你，你赚的钱，够不够下半辈
子花？人都会老，别一天到晚乱花，存着点儿，等老
了用！"

我笑了起来："原来是这事，干吗神秘兮兮的？"

"当然了！咱们娘儿俩，总也有点悄悄话吧！"
老人居然转过脸去，有点激动，"你知道吗？咱们好
久没说私房话了。"

突然发现老人的寂寞。一家七口，虽然热热闹
闹，在她的心底，由于身体的衰退，愈来愈失去安全
感，也愈来愈怕寂寞了。

或许人的一生，就像日出与日落吧！似乎回到同
样的位置，只是方向不同。

由出生时的啼哭，需要抚爱、需要拥抱，到开始
学走路，开始抓取自己的东西；到"扮家家酒"，假

设有个自己的小家；到愈长愈壮，觉得天地之间，可以处处为家。

　　然后，过了中午，太阳西落。我们随着身体的衰老，逐渐收回遥远的步子，躲回家，躲回自己的房间，抓紧自己的东西，也抓紧自己的亲人。

　　我们又像儿时一样，需要亲人的拥抱和呢喃。

　　母亲老了！

　　我常得听她进浴室的时间是不是太长，也在每晚就寝之前，先推开她的房门瞧瞧。

　　看她一个人睡着，昏昏的夜灯，映着墙上父亲年轻时的照片，我有着一种莫名的感伤。突然觉得这老人家，跨过八十七年的岁月，此刻，却缩在床上，如同我五岁的小女儿，需要关爱和保护。

　　"去买一张轻便折叠的轮椅，"我对妻说，"明年春天，带着她一块儿，去迪士尼乐园。"

总在缘里面

　　早上拿到报纸，似乎比平常厚，原来是多了两张大学联考的榜单。

　　密密麻麻的名字，塞满一版又一版。这画面很熟悉，也很惊心，让我想起三十年前的惊心岁月。

　　大概因为父母受的教育高，现在这些孩子的名字，跟以前是大不同了。有琼瑶小说里梦一般的主角，也有唐诗宋词里的灵感。相信他们的生活也一样，每个人都是王子、公主，被呵护着长大。

当然，这些孩子的辛苦，恐怕不下于他们的父兄。不苦读，怎能有金榜题名的一刻呢？

举起榜单，最先看到的是台大中文系，我当年最向往的地方。

我一个名字、一个名字看下去，好像见到许多未来的文豪、学者和诗人。我想，那里面说不定有朋友的小孩。

我看到一个名字，眼睛亮了，那是"××帆"，最后一个字跟我女儿的名字一样。她会不会也有个像我一般，希望女儿如一条小帆船，"乘长风，破万里浪"的父亲？

她现在真是"乘长风"了，她和她的父母该有多高兴啊！

我闭上眼睛想，那要是我女儿该多好！我多盼望她能把中文学好，将来进中文系，成为另一个李清照。如果，现在一下子跳到了十二年后，我正看着自己女儿的名字，进入老爸向往的科系，我会不会老泪纵横？

这叫"××帆"的女生，此刻会不会正有个老泪纵横的父亲呢？还有，那旁边所有的人，这一整个榜单，每个名字，不都该是一阵欢呼、几行热泪吗？

这密密麻麻，不是文章的榜单，突然变成一幅幅动人的画面，突然变得这么有情。每个人都是父母生养的、努力长大的，带着许多自我的期许和亲人的盼望，走进一个又一个考场，终于在今天，看到他的名字被印在这金榜之中。

只是，我又突然有点黯然神伤。想到在金榜之外的许多孩子，他们会不会正在饮泣呢？听说有的父母因为子女考不上学校，而不好意思面对邻居，他们会不会把这怨气出在孩子的身上？

抑或，他们是开明的父母，有着体贴的心，把孩子的伤心当自己的伤心，把自己的勇气灌输给孩子？

使我想起有一回到个朋友家去。进门就见他上了小学的女儿在哭，说是因为没考好。

"我不要第二名！我不要第二名！"小女儿又哭又气地喊着，"我要第一，我从来都第一！"

原来她只是为了没能考第一名而哭。

女孩的祖母走了出来，把小丫头拉到一边，小声地对她说了些话，孩子居然不哭了，眼睛转转，笑了。

"您对她说了什么这样管用？"我问老太太。

"我问她考第一名的感觉好不好，她说当然好。我又问如果她第一名，是不是别人就拿不到第一，她说对！我就说：'考第一的感觉这么好，你已经连着拿三个第一，别人都没机会，何不让人家也能有一次这种感觉呢？'她想想有理，就笑了。"

眼前的榜单，"帆"的名字又映入眼帘，那不是我的女儿，但我真为她高兴。我想，如果有一天，我女儿参加高考，即使没考上，我也会对她说："只有这些名额，你没考上，总有人考上。让别人高兴高兴，不也挺好吗？世界这么大，念书的机会那么多，下次再考，说不定也有别人会让你，使你的名字能挤进去。"

年岁愈大，愈觉得每个人的孩子都可以是我的。想想，在纽约为我磨墨的，不是从小在家乡跟我学画的男学生吗？他现在已经是著名的影评人。

想想，在家乡为我校稿印书的，不是我从小带大的女学生吗？以前她老跟家人吵架，一不高兴就住在我家。而今则连她母亲，都在我的公司上班。

从前有个国君出去打猎的时候，遗失了最宝贝的弓。"人亡弓，人得之！"他居然一点也不急，"反正在我的国家里掉的，总有我的国人捡到，何必在意呢？"

我常有同样的感觉，别人生的子女、别人培育的英才，都可以成为我的。我自己的孩子、学生，也可以成为别人的。

缘来缘往，缘起缘灭，其实从大处看，缘是不来不往、不起不灭。缘总在我们的四周，我们总在缘的里面。

多高兴啊！我又看看那份榜单，一群缘，东南西北、不相识的，就将要同窗四年。至于那落在榜外的，会有多少伟大的莫奈、罗丹？虽然进不了法国官办的"沙龙展"，却在未来开出更美的火花。

那是另一种缘！

夫妻未了缘

一碗可口的醋熘冬瓜、一条幽幽的小径、

一幅美丽的图画、一本好看的书，

如果没了那个人，就不再可口、不再可走、

不再美丽、不再好看！

轻轻摘下那顶绿帽子

　　二月，回到台北，又湿又冷，居然比纽约还难过。

　　突然接到个老学生妻子的电话，吞吞吐吐的，又好像在梦呓，隔了半天才弄清楚，原来他们已经离婚。

　　"是我不对，不要怪他。"她说，"我已经搬出来了。"

　　"搬回你娘家？"

　　"不！不敢回去。老师！您不要问了好不好？我打电话只是想求您一件事。请他让我回去拿几件冬天的衣服，好冷啊！"

我立刻拨电话给老学生。

他接电话的时候很热情，但是当我提到"她"打电话来，那声音就冷了："她跟您说了什么？"

"没说多少，只说是她自己的错。"

"当然是她的错！我中午知道，晚上签字，第二天就去区公所登记。她跟我没关系了！"

"你就这样把她赶了出去？"我问，"十几年的夫妻，连件衣服也没给她？"

"她自作自受！我把她的衣服全扔了，嫌脏！"

放下电话，我的耳边回荡的，是他那狠狠的两个字——"嫌脏"，以及她那颤抖的三个字——"好冷啊"。

想起不久前看过的一部土耳其电影《生之旅》，

一个获得探亲假的囚犯，冒着纷飞的大雪回家，没在雪中与妻儿拥抱，却在柴房里见到被铁链锁着的爱妻。

那已不再是他的爱妻，自从他在监狱里听说妻子红杏出墙，爱情就变成了仇恨。

那女子甚至不再是她父母的"爱女"或孩子"亲爱的母亲"。她有外遇的消息，是她兄弟传达的，她的铁链是父亲铐上的。她的亲人把她看成猪狗，居然在信里建议她的丈夫，回来把她处死。

她的丈夫没杀她，只是在第二天把她带出家门。

丈夫牵着儿子，穿着厚厚的大衣，在风雪中前进。她，穿着薄薄的衣服，紧紧地跟随。

每一步都陷在两尺深的雪里，她的脚渐渐失去知觉，腿也开始麻木。她对着远处的丈夫和爱儿凄厉地喊："救我！救我！狼会把我撕裂。"

嘶喊在风雪中颤抖，男人和孩子只是回头看一眼，

便继续前进。

她终于倒下了。

或许那男人心里也如我的学生，想着同样的一句话吧——"她自作自受"。或许他们都有了报复的快感——"让你冻死"。只是，夫妻十几年的恩情，去了哪里？还有母子的亲情，又到了何方？

做丈夫的嫖妓可以被原谅，却在妻子守不住，而稍稍出轨之后，要置她于死地。如果他能装不知道，那女子的亲人也能装不知道，这久别重逢的一家，将会有多么温馨的时刻！他们何必用自己的一念，将喜剧变作悲剧，且将悲剧变作永远无法弥补的创伤？

也想起托尔斯泰的短篇小说《郭尔内·瓦希利耶夫》。

一个富有的农场主人，在卖掉牲口，赚到不少钱，而高高兴兴回家的路上，听说自己的妻子，雇用了以前的情人，而且走得很亲近。于是把归乡的喜悦化为暴力，不但狠狠修理了自己的老婆，还把扑过来的幼女甩到墙角。

幼女的手臂断成三截，终身弯曲，没办法伸直。

农场主人一气之下离家，酗酒、流浪，花光每一文钱，最后成了乞丐。

十九年后，他如残烛般回到自己的村庄，死在残障幼女的屋檐下……

看完书，我的心情好沉重，不知要哭、要恨，还是要笑。哭那家庭的悲剧，恨那妇人的出轨，还是笑那男人的无知？他如果能想想夫妻过去的岁月与恩情，而忍下这口气，那不仍然是个很美满的家庭吗？

只是，我也想，无论农场主人，或回家的囚犯，他们真正的怒火，可能来自耻辱。而那耻辱则是四周人所给予的。

如果没有所谓的传统礼教，如果不是亲人、乡人在说闲话，做丈夫的不会觉得是奇耻大辱。所以判那女人死刑的，使那家庭破碎的，不但是当事人自己，也是这个"吃人的社会"。

记得1987年，纽约一个引起轩然大波的案子。

一位不久前移民纽约的中国人陈东鲁，怀疑妻子有外遇，在质问妻子，而妻子不否认另有所钟时，他竟用锤子打死了自己的妻子。

案子送进法庭，纽约最高法院的法官平克斯居然从轻发落，判陈东鲁缓刑五年。理由是："陈的中国文化背景，有助于解释他何以在此情况下丧失理智。"

连美国法官，都谅解陈东鲁对"绿云罩顶"的感觉。只是难道女人就不是人？只为了那顶"绿帽子"，就能夺取妻子的生命吗？

常想起以前看过的一个电影画面——

一群村民由族长领队，把装在竹笼里的"淫妇"押到江边，再拴一条绳子，扔进江心。

村长坐得高高的，手上拿着一炷香，等香烧完了，才下令把竹笼拉起来。说："如果没死，表示她没罪；如果死了，就是罪有应得。"

也常想起基督教《圣经》中的一段（《约翰福音》第八章）。

有人抓了一个淫妇到耶稣面前问："夫子！这妇人是正行淫之时被拿的，摩西在律法上吩咐我们，用石头把这样的妇人用石头打死。你说该把她怎么样呢？"

　　耶稣说："你们中间谁是没有罪的，就可以先拿石头打她！"

　　我们每个人，都是人。是人，谁能不犯错呢？只是有人犯错，被抓到了，成为笑柄，受到了惩罚。有些人没被抓，就暗自高兴，且看别人的笑话，定别人的罪。

　　曾听人说，只有上天能饶恕人的罪。我却要说，在上天没饶恕之前，先让我们学会饶恕；在上天绝我们的生路之前，我们应该先为彼此留一条生路！

如果少了那个爱

小时候，夏天的傍晚，母亲常会做花椒油。先把麻油烧热了，再撒下一把花椒，拿锅铲用力压，噼噼啪啪地散发出一种特殊的香味。

闻到那香味，我就知道，爸爸要下班了。

醋熘冬瓜是爸爸最爱吃的，清清淡淡的冬瓜汤，上面浮着一片花椒油，据说有消暑的功用。一直到现在，我都记得，淡黄色的花椒油在灯光下反射出的图

案，还有那黑色的花椒，不小心咬到它时嘴里麻麻的
味道。

父亲在我九岁那年过世，不知道为什么，母亲就
再也不做醋熘冬瓜了。只是，每到夏天的傍晚，我总
想起那道菜，想了三十多年。有一天，我忍不住问
她："做一碗醋熘冬瓜好不好？"

八十七岁的老母一怔："什么醋熘冬瓜？"

"就是爸爸活着的时候，你常做的那种汤啊！"

"那有什么好吃的！"她把脸转过去，"早忘了！"

多年前，住在湾边的时候，屋后是树林，林间有
一条小径，邻居老夫妇常在其中散步。

"别往树林里扔东西，小心打到老人家！"我总
是叮嘱儿子，因为很少有人去林子，儿子常拿树干当
目标，往里面掷石子。

"现在不会打到！"儿子照扔不误，还不服气地说，"谁不知道，他们五点才出来！"

秋天的黄昏特别美，尤其是下雨的日子，树干都湿透了，一根根黑黑的；黄叶淋了雨，就愈黄得发艳了。两位老人缓缓走过，一双佝偻的身躯、两团银白的头发，还有那把花伞，给我一种特殊的感动。

有一天，半夜听到救护车响，两位老人就只剩下老太太了。

老太太还是自己开车出去买菜，呼朋唤友地开派对。只是，总见她在门前走来走去，却再也见不到她在树林里出现。

有一天，我对她说："好久不见你到后面散步了。"

"散步？"她摇摇头，"没意思！"

有个五十多岁的女学生，比年轻人还用功，规定画两张，她能画十张。每次看她把画从厚厚的夹子里拿出来，都吓我一跳。

她的夹子特别大，也特别讲究，里面是三夹板，外面糊上布料，还有个背带和拉链。许多学生见到都问：

"哪里买的夹子啊？好漂亮！"

"我先生为我做的。"

她的丈夫是个木匠，除了为她钉一张特别的画桌，还把房子向外加大，盖了一间有透明屋顶的画室。

"那是我先生和我两个人盖的！"她得意地形容，他们怎样先在地面钉好木框，再合力推起来，成为一面墙。

后来，她丈夫因心脏病死了。她还是来上课，还背那个大夹子，只是，夹子打开，常只有薄薄一张草率的画。

　　然后，她直挺挺地坐着，看我为她修改，有一天，突然蒙起脸冲进厕所。

　　接下来的日子，我没再见到她，听说她过得很好，只是，不画了。

　　自妻退休，就常在书房陪我。我写文章的时候，不能说话，她只好默默地整理账单、资料。

　　怕她无聊，上次离家前，我特别拿了一本《鸿，三代中国的女人》交给她："这本书写得不错，我走了，你可以看看。"

　　她居然接过书，就开始读。我离家前两天，她一边陪我，一边看，居然已经看了三分之一，还发表评论，说："写得很冷，但是感人，非常好看。"

　　两个多月之后，我回到纽约，走进书房，看到那本书。

　　"觉得怎样？"我问她。

　　"噢！还没看完。"

　　"看了多少？"我翻了翻，翻到了一折角。

　　"就看到那儿，大概三分之一吧！"她抬起头，"不陪你，书有什么好看的呢？"

　　一碗可口的醋熘冬瓜、一条幽幽的小径、一幅美丽的图画、一本好看的书。

　　如果没了那个人，就不再可口、不再可走、不再美丽、不再好看！

生生未了缘

何必活在痛苦的记忆里？

不去想，就是活下去的方法！

不要回忆了吧！

年轻时，做过五年电视记者，主持了许多节目，也获得不少掌声，却总难忘记一件糗事。

那是访问名小提琴家马思聪的一个特别节目，由我制作、主持。

马思聪到本地，当时真是万人瞩目的新闻焦点，接下这个节目，我既兴奋又紧张。兴奋的是能独挑大梁，紧张的是节目要现场播出。

一个小时的特别节目，除了马思聪演奏几曲，剩下的全是访问。

事先阅读了马思聪的各种资料，我拟出了自认为最精彩的题目，并且预估了马思聪可能作答的时间。因为只有这样，才能把节目的进度控制好，也才能适时"上广告"。

所有的题目中，最重要的一个，是请马思聪回忆那著名的十年时期的遭遇。

我相信，这是观众最希望听的，也应该是内容最精彩的。当然，更是马思聪最有的说的。

时间长度？最少十五分钟！说完，就上广告！

节目准时播出了，经过前面一段寒暄，我提出那最重要的题目：

"马先生，经过这么多年的流离，您是不是能回忆一下那著名的十年的遭遇？"

　　马先生居然淡淡一笑：

　　"事情都过去了！不要回忆了吧！"

　　我怔住了，全摄影棚的人都怔住了，空气凝固了！原本算好十五分钟的答案，只用五秒钟就答完了。任我怎么追问，马思聪就是那句话——

　　"不要回忆了吧！"

　　多年来，我一直把这件糗事挂在心上，觉得马思聪是怕涉及政治，而刻意逃避。

　　直到最近，《辛德勒的名单》获得奥斯卡最佳影片之后，纽约电视台制作了两小时的专辑。专辑里播出了当年屠杀犹太人的瓦斯毒气室。天花板上悬着一条条管子，管子下端是"喷头"。

　　成千上万的犹太人，有大人，也有孩子，被骗说传染病流行，而剪短头发、脱光衣服，排着队进去。

　　然后一群群抱在一起，尖叫着死去，再一堆堆被拖出来。

纪录片里，是高高的焚尸炉烟囱，死去的活人和"活着的死人"。

许多孩子伸出细细的手臂，上面刺着号码。

许多人像木乃伊般，摇摆地走着。

专辑里也访问了幸存的人。

记者问："请你回忆一下当时的情况。"

其中一位，居然淡淡一笑：

"不要回忆了吧！"

他是一位知名的摄影师，专辑里拍了他的近作，都是色彩华丽、充满幻想的画面。记者很不解地评论：

"真不知道，为什么那些痛苦的记忆，完全没有进入他的作品？"

倒是另一位幸存者说得好：

"何必活在痛苦的记忆里？不去想，就是活下去的方法！"

我突然发现，他们跟马思聪是多么相似。

想起我二姨说过的话——

"你二姨父，在那著名的十年时曾被抓进去，每次我去看他，都劝他嘴软一点，认个错，不要想太多。结果，那些不去想以前的人，都熬过来了，你姨父却死在里面。"二姨深深叹口气，"他没办法不去想以前呀！"

也记得小时候在巷口摆水果摊的伯伯。总跟我父亲说当年怎么穿着睡衣跳上墙头，看土匪冲进他的家门……

我很小，却能记得这清楚，是因为他形容自己的身手矫健，使我佩服极了，想象他是会轻功的武林高手。

只是，三十年过去了，再回到那条街上，景观全变了，他的小竹棚，改建成楼房；水果摊收了，靠租金过日子。

"我父亲在世的时候，常提起您，说您是留学日本的博士，家里的产业……"

"不要回忆了吧！"他挥挥手，抬起眉头，眯着眼，吐着烟圈，看着街上驶过的一辆又一辆车子。

下午的阳光，把他蓬松的白发照得好亮好亮。

那画面，我永远不会忘。

当我们亲身投入

"你觉得我们前年去欧洲，什么地方最好玩？"
有一天，我问妻。

她歪着头想了想："都好玩，但是印象最深的，是那个古堡。"

我没问她是哪个古堡，因为我猜得到，虽然看了几十个古堡，她说的必定是"那一个"。

早忘了是在什么国家、什么城市，甚至很难记得

古堡的全貌。 因为遇到大塞车，我们到达古堡的时间
已经很晚了。

斜斜的夕阳，把残破的古堡映成深红色，我们站
在城墙边看下面的小城，整齐的房舍、尖顶的教堂、
斑驳的秋林和远远闪着天光的一湾小河。

只看了一下，导游就催我们走。

游览车在山脚的停车场等，为了赶时间，我们不
得不沿着山边的小径走下去。 天暗了，小径上落满黄
叶，有些湿滑，相互扶持着，总算来到山脚。

旅行团的人还没到齐，我们竖直衣领，站在冷风
里，看河面驶过的汽船和后面闪烁的浪花与倒影。

不知为什么，跑了五个国家，看了瑞士的雪山，
也游了莱茵河的瀑布，我们印象最深的，却是这个已
经忘了名字的古堡。

我们甚至很难形容出那古堡的样子。

只是，那不是隔着车窗见到的，也不是坐在游船里游览的。而是，我们亲自，一步一步走进去，又走出来的。

那不是客观的欣赏，而是主观的感受，用我们的全身投入。

由前年开始为台南玉井乡的德兰启智中心募款，可是，直到去年年初，才真正见到"德兰"。

白发的修女和成群智障的孩子来迎接，带我看他们的教室、复健中心、手工艺作品和迷你小马"阿宝"。

我跟着院里的"阿嬷"，学习怎么教孩子爬，发现一般幼儿天生就会的爬行动作，对那些脑性麻痹的孩子来说，竟是如此困难。

我也试着扶一个孩子坐起来，才知道他僵直的身

体，难以弯曲，他一生都不曾真正地坐过。

我把一个十岁的孩子抱起来，惊讶地发现，她竟然不及我五岁的女儿重。

当我走出德兰启智中心的大门，发觉自己跟几个小时之前有了许多不同。我看到一群远比我"更投入"的修女和老师。当我在外面演讲募款时，她们正一勺勺地喂孩子，一步步地教孩子。

如果我是站在岸上高呼救人的，那些修女和老师，则是跳到水里亲自去救的。

我突然明白了一件事——知道不等于发现，观望不等于投入，"精神加盟"不等于"亲自参与"。

那些只是把支票寄出去的善人，无论他捐多大金额的巨款，都不可能获得那种"亲身投入"的感动。

不知为什么，明明年岁愈大，应该愈能疏离，我却愈来愈对人的接触，有着强烈的感动。

　　到学校里演讲，听一群孩子唱校歌，没听懂几个字，却激动得想流泪，觉得那歌声甜美如圣诗。

　　那是最美的人的声音。

　　看玛莎葛兰姆的学生舞蹈，没有优美的音乐，没有华丽的布景，只见一群人在台上跳跃，但是，听！那脚步落在舞台上的声音，多有弹性，多么实在！

　　如同玛莎葛兰姆所说——

　　　　当文学与绘画，都透过身体以外的作品来表现的时候，舞蹈者用他们"自己"去呈现。

　　　　那是一个个人，带着他们一生的经验，生与死、爱与恨，真真实实地摊在你的面前。

　　人，多么可爱的动物！生命，多么美妙的感动！

直到今天，我才发现，这可触、可嗅、可看、可听的"身体"，才是天地间最真实的。

总记得一个火警新闻的画面——

一位救火员，才抱着救出的孩子跳上云梯，就低头为孩子做人工呼吸。

孩子奇迹般地复活了。救火队员接受访问，只说了一句话："当我的呼吸成为他的呼吸，那是世界上最真实、最快乐的事！"

今天的我，不再喜欢只是隔着窗子看风景，也不再认为慈善捐款的数字能代表一切。我只是常想起，那天傍晚，在古堡小径上，每一步踏下去，都听到的秋叶的叹息和生命的触感。

还有那十岁的孩子，如果我不曾把她抱起，我怎么也不会了解，什么是"生命中不能承受之轻"。

生生世世的家

有位老太太，因为长瘤，而不得不把子宫切除。

手术之后，三个孩子围在床边，等着老母苏醒。

"孩子！可怜的不是我，是你们哪！"

孩子都怔了。

老太太又一笑："你们的老家没啦！"

在朋友的宴会上，遇到个叫陈巍方的小女生，手里拿着一个好别致的小本子，精装的封面外，还绑了个蝴蝶结。

"要看吗？"小女生递给我，"全是我的小诗。"

翻开来，果然每一页都写着短短几行，有些还配了简单的插图。

看到一个小房子，很好奇，看下面的诗——

淋到雨了！

没关系，

反正就要回家啦！

想要尿尿，

没关系，

反正就要回家啦！

不想绑鞋带，

没关系，

反正就要回家啦！

就要回家，

就要回家，

我们就要回家啦！

多可爱的小诗！多么简单，那么真切，仿佛看到那个淋了雨的女孩冲进家门。好像回到我的童年，一抬头，看见我的家。

放长假，儿子从哈佛赶回来，一进门就大喊：

"我今天看到我们家了！"

"回家当然看见家。"我说。

"我是从飞机上看到的！"儿子喊，"机场太挤，飞机多绕了一大圈，我看到海湾，看到旁边的公园、游泳池，然后找到咱们家。"

"有没有看到我和你妈？"我问，"刚才我和她在院子里。"

"怎么可能？那么高！看到屋顶就是看到家。"

佛罗里达州大风灾，许多房子都被掀了顶。

电视里播出满目疮痍的画面。

一个妇人举着一块牌子，对着镜头笑。

牌子上写着："屋顶在哪里，哪里就是家。"

在她背后，可不是吗？一个破烂的屋顶躺在地上。

因为"圣婴作用"，气候突变，明明应该不是雨季的加州，居然豪雨不停，许多房子都被冲走了。

一位老先生站在洪水过后的废墟上接受访问。

"你的房子不见了，天气又这么坏，你有没有计划搬家？"记者问。

"笑话！你只看到三十天的雨，怎么不看看剩下的那三百三十五天？"老先生顿顿脚，指着地，一个字一个字地说，"院子在哪里，哪里就是家！"

日本神户大地震，仿佛再经历一次广岛和长崎的原子弹。

成群的建筑夷为平地，成堆的尸首等待掩埋。

一个女人站在瓦砾间，抱着两个劫后余生的孩子，满面泪痕地说：

"我的丈夫死了，可是我的家还在，孩子在哪里，哪里就是我的家。"

东西漂泊，虽然家里老小还有六口，八十多岁的老母却好像总在我离别时，染上浓浓的寂寞。

"年岁大了，怕孤单，你走了，虽还有人聊天，

就是觉得少了什么。"满脸皱纹的老母，好像有点腼
腆地靠近我，小声地说，"你哪次，带着我一块回去
看看，好不好？"

"家里不是挺好的嘛！"我说道。

"人老了！跟着你最心安，你在哪儿，哪儿就
是家！"

于是，她八十六岁那年，我又带着她上了飞机。

十八个小时之后，就要降落了。老人家伸着脖
子，望着下面的田野：

"多好啊！跟着儿子回老家了。回完老家，再回
纽约，就不出来了，等着回天家了。"

我一笑。突然想到那位动子宫手术的老太太，发
觉我正带着自己的"老家"回老家，偏偏她又觉得我
是她的家，且想着有一天，回天上的家。

家，这是个多么实在又抽象的字啊！让我们用一

生去追逐，用一生去爱恋，且追逐到来世。

这就是家，一个生生世世未了缘。

小童工的笑与泪

早春种的小白菜，已经有收成了。

我采取的是"粗耕"，也就是撒一大片种子，不必等每棵菜都长得极大，就开始拔。

那些菜因为种得密，都长得不是很肥。三四寸的菜叶，竟连着两三寸的根。我把女儿叫来，让她蹲在菜圃旁边，帮忙把根摘掉，免得将泥土带进屋里。

小丫头很认真，一棵棵地摘，还唱着不知名的歌。

使我想起儿子小时候，也帮着做事的样子。

那时候我刚开始出书，每张汇款单都得自己处理，写好地址，把书装进信封，再将袋口封上。

儿子才四岁，帮的就是封袋口。小小的手已经能拿订书机，手指压不动机器，则放在桌面上按。

我很喜欢这种一家老小一起工作的画面，觉得家就是个"共荣圈"，每个人都贡献心力，求这个家的繁荣。

倒是有朋友看到了，说我是非法使用童工，有虐待儿童的嫌疑。我说："为家尽一份力，觉得自己长大了，应该是种快乐啊！"

一转眼，说这话已是近二十年前的事。从东半球，漂到西半球，又漂泊了许多地方，对自己说的那段话，信念虽没改变，却增加了千百种滋味。

在纽约第六大道的地毯公司里，卖地毯的商人指着地毯神秘地说：

"这可不是一般人织得出来的，那些都是八九岁的印度小女孩织的。只有那种纤细的手指，才能织出这么精致的东西。她们把厚厚的地毯摊在地上。年纪小，举不起来，只好在地上挖一个个洞，站在洞里，把头和手伸在外面织。"

"不是太可怜了吗？那么小！"我说。

"为赚钱！为她们的家啊！"

有一年看电视，报道南美洲的安第斯山脉。看到许多男孩子，最小的不过七八岁，却吃力地把一块块矿石背上肩，跟在一群大孩子背后，艰苦地走着。

他们原本幼嫩的皮肤，都晒成了深褐色，背负石块留下的白色粉末，就显得格外清晰。画面中，有个孩子的石块掉下来，把脚趾砸了，流了一地的血，孩子却默不作声，用布随便缠了几道，又把石头背起来，追着大伙，越过山脊。

从山脊往下望，是一片绿野，许多炊烟，有些孩子用手指，说那里是自己的家。

他们终于把矿石背到山下，交出去，换了工钱，高兴地，甚至有些得意地回家。

一群人在暮色中笑着、跑着，包括那个一拐一拐伤了脚的孩子。

又有一次，也是电视专题报道。

外景，拍的是泰国的乡村，一片低矮破烂的建筑，以及其中呆呆坐着、空空地望着前面的人们。突然，出现了几栋现代化的两层楼，还有着围墙。

马路两边，形成强烈的对比，一侧是顶不挡雨、衣难蔽体的贫民窟，一侧是乐声悠扬的小康之家。

那家中确是小康，老一辈穿着整齐，笑吟吟地招呼客人，小孩们坐在地上看彩色电视。有个女孩抬起头说：

"过两年，我也会出国。"

接下来的画面，是日本，大概是东京新宿的歌舞伎町。一群非常年轻的泰国女孩，浓妆艳抹地对着镜头笑：

"我们每个月，都寄钱回去！"

"再过半年，我就不做了。回去，结婚！"

"长大了，为家尽一份力，有什么不好？"

镜头又回到泰国的穷乡，车子开过去，一侧是破烂的木屋，一侧是新起的两层洋楼。

然后，一群孩子笑闹着跑过……

　　每一次，要小女儿在我浇花的时候帮我拉着水管，或帮她母亲把新买的卫生纸放进橱柜，看她吃力地拉水管和拖着一大包一大包的卫生纸，又在完成使命之后，神气地跑过来说："我做完了！"我都会夸她："你好棒！长大了，可以为家做事了。"

　　每次这样说，我心中都会产生一种悲悯，觉得自己的孩子好幸运，觉得老天好不公平。

漂泊之歌

生在哪儿，便吃在哪儿，

便以那里的语言说，便以那里的方式想，

便被推上那里的舞台，便成为被那里斗争

的可怜苍生。

漂泊的八首歌

何必问曾经

这世上大概没有不爱捡贝壳的人吧！

挽起裤管，赤着脚，守在浪恰好打不到的地方。等浪扑过来，激起一片泡沫，又迅速撤退的时候，赶紧冲向前，在那新洗过的沙滩上"抢"一个贝壳，再嬉笑着、惊叫着，躲过跟来的浪头，是多么刺激的事。

那是一种冒险、一种赌博，甚至是向大海盗取。如果"盗来"的又是个美丽无比的贝壳，拿来傲视群侪，更是何等的快意。

当然，这捡贝壳也可以在退潮的沙滩慢慢为之。宽广的海滩上留一串脚印，听潮汐沙沙的、海鸥嘎嘎的声音。且走且拾，且拾且还给大海。或是捡了新的，扔掉旧的；似有争，却无争，又是何等的悠闲！

只要见到海，我就会想去捡贝壳。从太平洋捡到大西洋，从北海捡到马六甲。我的画室里，有个大大的水皿，堆着成百的贝壳，堆着一个小小的七海世界。

来访的朋友常翻动着我的"七海"，品头论足地论高下。然后，他们总会举起两个问我：

"这是什么？是贝壳吗？哪里捡的？"

"大概是碎片吧！都磨得不成形了！"

"美不美？"我不正面答，只是反问他们。

"挺漂亮！"

"很美！"

"这就好了！"我说，"美，又何必问她曾经如何？"

那几个贝壳都是我坐澎湖医疗队的船，去一个无人岛上捡的。捡的时候好失望，把"她们"放在沙滩上，想拍张照片，告诉台北的朋友"那里的贝壳有多烂"。

贝壳小，我用了显微镜头，从照相机里望出去，呆住了！我看到的不只是那六个残破的贝壳，更有着亿万颗彩色的沙粒。有黑，有白，有黄，有红，有橙。

那里面一定也有许多是更破碎的贝壳变成的吧！我把"她们"带回台北，常拿来端详，想：

当生命过去，把自己交给大海，听潮来汐往，把形貌分散，成为小小美丽的尘沙，睡在天地之间。

那是多美的事！

飞舞的千羽鹤

到冲绳度假，去了最北的兰花公园，也到了中部的仙人掌公园，印象最深的却是南方平和祈念资料馆前的千羽鹤。

一个铜顶的小亭子下面，垂着许多七彩的挂饰。走近看，才发现都是用纸鹤穿起来的。

"全是小女生一只只折好，再每一千只做一串，拿来献给死去的亡魂的。"日本导游说，"第二次世界大战结束前不久，美军打到冲绳，两百多位担任救护工作的高中女学生，一起守着山洞里的伤兵，被炸死了。"

走进平和祈念资料馆，看到那一幅幅女学生的照片。全是花样的年龄啊，最属于梦和幻想的，正等待轻启情窦心扉的，竟然这样死去，死在大战结束的边缘。

冲绳原来是中国的属地，她们或许是我们的血亲，只因为被日本占了，便不得不站在日本那一侧。

想起赵滋蕃的诗句，"误尽苍生的终究是权力之争"。生在哪儿，便吃在哪儿，便以那里的语言说，便以那里的方式想，便被推上那里的舞台，便成为被那里斗争的可怜苍生。

千羽鹤一串串，随着太平洋的海风摇摆，美丽如那两百多位少女的年华，轻柔如同她们脆弱的生命……

屋顶上的小草

不知为什么，我从小就爱看见屋顶上长草，倒也不是喜欢断壁残垣间长出的杂草，而是爱那种屋里住着人家，屋上长着小草的感觉。

那是两不相害，也是一种缘。我自过我的日子，你自偷偷地生长，我也不去拔你，只当你不曾存在，只当你是我檐上的风景。

多美啊！那不是一种天人合一的境界吗？

去年秋天，到挪威去，兴奋极了，因为走入乡村，处处人家的屋顶都长着密密茸茸的小草，还有像小树的、开小白花小红花的。尤其在北方斜斜阳光的映照下，逆光看去，每株小草都在发亮，美极了！

"好奇怪呀！为什么这里的屋顶特别会长草呢？"我忍不住地问导游。

"自己种的！房子盖好，先在屋顶铺一层树皮，再撒上土和种子，草就出来了。"导游说，"在挪威，十月就下雪，没多久，草被雪盖住，看起来好像死了，但没真死，它们还活着，在雪下面偷偷活着，等着第

二年春天再生。 也正因为这些草，外面即使到零下
十几摄氏度，屋子里也不会太冷。 就算冷，想想屋顶
上，那些小草都撑着，人又怎么能怨呢！ ”

　　今年春天，去台北金华街看林玉山老师，发现他
隔壁人家的石棉瓦上，居然一片翠绿。 往下看，不见
任何枝茎，显然不是由地上长出的攀藤，而应该是从
屋瓦上生出的小草。

　　“是啊！ 以前我刚从嘉义来台北，就觉得好稀奇，
只有在台北，这种阴湿多雨的地方，春天才会长出这
种草。 ”林老师一笑，“现在空气污染、车子多、灰尘
大，附近又开了好多餐馆，炒菜的油烟冲天，这种草
居然不但没受影响，反而长得更好了。 大概用那积下
来的灰尘和油烟做养料吧！ 只是到夏天，屋顶太热，
它们就不见了。 也不是不见，是明年再发。 ”

从林老师家出来，等他关了门，我又伫立良久，看那密得几乎垂下屋顶的小草，想到陶渊明的诗："结庐在人境，而无车马喧。问君何能尔，心远地自偏……"

屋顶的小草，多美呀！不论在挪威或台北，它们都是乱世中的君子，令我欣赏，也让我震撼。

叹息桥的传说

到威尼斯的人，一定要坐冈都拉（Gondola，一种狭长的小船）；坐冈都拉的情侣，一定要经过"叹息桥"，且在桥下拥吻。

叹息桥不像威尼斯的几百座桥，供行人穿越。它是座桥，也横过水面，但高高悬在两栋楼宇之间。

一边是总督府。白色的大理石上刻着图案、托着拱形的花窗，据说在十四世纪的共和国时代，里面可以同时容纳一千六百位王孙贵胄。

叹息桥的另一边，也是石造的楼房，只是外表一片漆黑，方形的窗口全围着粗粗的铁栅栏。据说这是当年的监狱，在议事厅里被判刑的重犯，便被打进这个死牢的地下室，再也见不到外面的世界，只有一个机会——

当犯人被定罪，从总督府押过叹息桥的时候，可以被允许，在那桥上稍稍驻足，从镂刻的花窗，看看外面的"人间"。

"人间"有圣马可广场的码头，一条小河从下面流过，河上可以见到三座桥。桥上走着行人，桥下穿梭着冈都拉小船。船上坐着情侣，唱着情歌。

据说有个男人被判了刑，走过这座桥。

"看最后一眼吧！"狱卒说，让那男人在窗前停下。

窗棂雕得很精致，是由许多八瓣菊花组合的。

男人攀着窗棂俯视，见到一条窄窄长长的冈都拉，正驶过桥下，船上坐着一男一女，在拥吻。那女子竟是他的爱人。

男人疯狂地撞向花窗，窗子是用厚厚的大理石造的，没有撞坏，只留下一摊血、一个愤怒的尸体。

血没有滴下桥，吼声也不曾传出。就算传出，那拥吻的女人，也不可能听见。

血迹早洗干净了，悲惨的故事也被大多数人遗忘。只说这是叹息桥，犯人们最后一瞥的地方。且把那悲剧改成喜剧，说成神话——

如果情侣能在桥下拥吻，爱情将会永恒。

我走到圣马可广场的码头，仰望那高高悬着的叹息桥，看一对对情侣，坐着冈都拉穿过桥下，拥吻、照相。

　　船夫正唱着："哦！我的太阳！"

生死交替的古战场

　　读到唐诗"可怜无定河边骨，犹是春闺梦里人"，有一种好特殊的伤感。仿佛见到一堆枯骨，卧在漠北的无定河畔，又看到个深闺的妇人，梦着她的丈夫。

　　自那以后，便常想到古战场，便常到古战场去凭吊。站在诺曼底的海滩，想六月六日断肠时，战火沸腾了大西洋的海水；也站在卢沟桥前，读纪念碑上诉说的悲壮往事。

　　那就是古战场。但为什么这样平静？好像从未发生过大事。白云千载空悠悠地飘过，草是格外绿了，海是分外蓝了。

　　法国的导游哈哈笑道："如果不指给你看，谁知道这里流过多少血，经过大轰炸，害虫被烧死了，黏土被炸松了，下面的土被翻起了。土更肥，草也更绿了。"

女导游轻轻地说：

"瞧！每只狮子都不一样，倒没见什么枪眼，许是我没有慢慢找。打了那么一仗，使这桥更闻名了，也使人更无法忘记了。"

到苏荷区一位老朋友的画室去，案上放个白白的骷髅，两只眼洞里居然伸出许多小花。

"古战场的凭吊！"主人笑道，"白白的配绿绿的，死去的配新生的，多美！"

在奥斯陆的雕刻公园，看到个小小的浮雕。

一个光溜溜的小娃娃，高高站在枯骨上。不知那枯骨是什么动物的，只见骷髅上空空的两个洞，望着娃娃，望着天空。

今天，在我秋日的菜园里，也有了相似的景象。

一棵曾经光灿无比的向日葵，结了丰实的种子，卸下她的工作，枯干死亡了。像是一尊枯骨，低着头，垂着双臂站立着。曾几何时，旁边一枝藤蔓已经攀上她的肩头，且含苞将绽了。

远处的百日菊正热热闹闹地登场。

站在花前，我看到的是个生死交替的"古战场"。

我可没骗它

到伦敦的海德公园，没见到站在肥皂箱上演讲的政论家，见到一位可爱的老人。

"有没有面包？有没有饼干？"老人问每个过客，"给我的小鸟一点吧！"

果然一只小麻雀正站在他的手上，东张西望。

老人继续问路人，只是每个人都摇摇头。

抓住机会，我为老人拍张照，才拍完，小鸟就飞了。

老人摇摇头，抖抖手里的空塑料袋：

"每天我都来喂它们，今天这只来得最晚，我的鸟食都没了。"

说完，转过身，捡起拐杖，颤悠悠地走了。边走边叹气：

"没吃，没关系。可别觉得我骗了它！可别觉得我骗了它……"

时常半满就好

在熙来攘往的台北街头，拦到一辆出租车，方向盘前放着几份英文报纸。

车不快，堵车也不躁，碰到红灯，便见他拿过报纸来念上两段。

突然发现那沓报纸旁边，有个放零钱的小盒子，盒上写着"时常半满就好"。

"人生就是这样，不要太贪，不要太过。以前年轻，争强斗胜，吃亏的都是自己。"他指指盒子，"现在我不求多，希望不空，让一家老小能吃得饱；也别太满，想得太多，只会失望。所以，时常半满就好。"

车到忠孝东路，两边摩托车飞驰而过，骑楼下的人低着头向前冲。车子缓缓停在我上班的大楼前。临下车，想到手提箱里有本《唐诗句典》。

"送给你吧！应该很适合你。在这'乱市'享受些闲适！"我说。

下车，竟发现谈了一路，还没看清他的脸，只记得那个小盒子——

时常半满就好！

一条灵魂的河

从纽约飞台北，经过阿拉斯加的上空，突然被空中小姐叫醒：

"刘先生，您有没有见过极光？现在可以看到呢！"

向窗外望去，是一片漆黑的夜色，下面见不到雪山，上面看不到星光，只有中间一条条隐隐约约的白云。

"极光在哪儿？"

"就在那儿啊！"她用手画着圆圈，"那一圈一圈的，亮亮的，就是极光。"

我把脸贴紧窗子，又用双手遮在眼睛两侧，我惊住了，原来那一条条白色的不是云，而是光！是极光！

那又不能称为光，因为光有源头，有光"线"。那一条条的光却仿佛自己会发光的"荧光彩带"，弯来转去地在天空中飘荡。

远远地，它们分几路从无垠的夜空中伸过来，突然各自弯转、交叉，再由飞机的左右绕过去。

"机长说，有时候它仿佛贴着飞机，好像能摸得到。"空中小姐用手比画着。

可不是吗！我现在就觉得能摸到。随着视力逐渐适应外面的黑暗，那极光变得更清晰也更接近了。我觉得它好像是由亿兆颗小星星或碎琉璃组成的。对了！根本就是一条条浮动的星河。

这星河从什么地方流来，又要流向何方呢？我盯着它，随着它转动，模糊中竟觉得那些小星星真的在动，它们又不是星星，而成为一个个生命。

或许是灵魂吧！无数在世间走完这一生的灵魂，都被特别强的磁场凝聚在两极，再由这儿集合，飞向宇宙。

但是，他们为什么不直直地飞向外太空，却像条河一样，在这天空徘徊呢？

或许，他们仍然对这世界、对他们的亲人，有许多留恋吧！他们慢慢地、慢慢地，一群群、一队队，飞过天际，俯视着下面的红尘，投注最后的一瞥。

"我看见了！在那极光里，有好多小人儿、小马、小狗、小猫，没有仇恨、没有争斗、没有说话，安静祥和地向我们挥手，又依依恋恋地绕着我们的飞机，向我们道别。"我喃喃地说。

"是吗？是吗？"空中小姐笑问。

"是啊！我想，当有一天，我们的亲人过世，他们都会变成这极光，化身为星河，走向宇宙的深处，走向另一个时空。"我说，"有一天，我的亲人逝去，我愿再一次见到这极光，向他道一声珍重别离！"

亲子未了缘

爱往往比较向下，而不向上，

父母爱子女，总比子女爱父母来得多。

生命中的气球

我几乎不曾见过，一个在气球破了的时候，而能不哭的小孩。

他们可以眼睁睁地看着气球飞上天，而忍着不哭；也能把气球拍来拍去，踢来踢去，最后踢到一角，任它逐渐缩小，只当不曾存在。

但是，那个新到手、牵在手里、会飘到高处的大大的彩色气球，可千万不能突然破掉。

有什么比这更糟糕的呢？许多兴奋、新鲜与美丽，突然只剩下一根细细的线和一小块薄薄的皮。

何况还有那"砰"的一声，吓一跳，怎能不"惊恸"？

我甚至觉得，孩子们最初感受到人生的虚幻，就是在气球破掉的一瞬间。几乎每个人，在童年的记忆中，可以不记得别的玩具，却一定有气球破掉的印象。

我记得最清楚的，是父亲为我买的最后一个气球。

那时候，他已经有了肠癌的病征，住在空军医院检查。

傍晚，医院门口有人卖气球。父亲拖着沉重的步子，为我挑了一个最大、最结实的气球。

那根本就像个会飘拂的篮球，连颜色都像。

我牵着气球在医院的长廊里跑，几个士兵在旁边对着我笑。 我跟他们说这气球非常结实，因为它的皮很厚，像篮球一样。

我把气球拍过去，让他们拍回来，渐渐大家围成一圈拍，我在当中兴奋得又跳又叫。

突然，"砰！"大家的笑声停住了，走廊里一片寂静。 阿兵哥们摊摊手，一个个露出歉意的笑，走了。

我捡起地上那片橡胶皮，慢慢踱回父亲的病房。

从门口望进去，昏黄的灯照着父亲蜡黄的脸。 母亲和医生，几个黑黑的影子站在床前。

我有一种好奇怪的感觉，觉得那一晚，破的不是气球，是我幸福的童年。

转眼，已经近四十年了。 就像父亲的那个年岁，我又添了女儿。 如同父亲当年，带着我去钓鱼，我也常带着女儿去海边散步，听潮来汐往，一波波地抚着沙滩。

这一天，海边有"街坊节"的活动，每位小朋友都能得到一个大大的气球，颜色自己挑。

女儿挑了个橘红色的，兴奋地牵回家，拉着四处献宝，拉着满屋子串。

"小心！碰到尖东西会破！"话刚出口，事情已经发生了。

"砰"的一声巨响，女儿愣愣地站着，环顾四周：

"气球不见了！"

"当然不见了！气球破了。"我把那块"皮"捡起来，交到她手里。

小丫头放声大哭。

泪水像断线珠子似的，一串串不停滚下来。

在她的泪眼里，我居然看到自己的童年。我把她

的眼泪擦干，搂在怀里。安慰她：

　　"不哭！有爸爸在，健健康康的，改天带你出去，买更大更漂亮的气球。爸爸不生病，爸爸要活长一点，陪你买气球。"

别挡住春天

十几年前，在报上看到一则有趣的新闻：

一个年轻的妇人总是头疼，找了许多医生，吃了各种止痛药，就是治不好。后来去了精神科，终于发现病因——因为她的婆婆不准小两口儿在卧室门上加锁，却又经常在半夜三更，冷不防地推门进去查看。

每次小两口儿亲热，都提心吊胆，怕婆婆推门进来。媳妇尤其紧张，不但无法享受鱼水之欢，还造成头疼的神经症。

看完报，我哈哈一笑，只当是个"趣谈"。没想到最近有个以前教过的女学生向我诉苦，居然比报上的故事，还来得神话。

"有时候我正做梦，突然脸上狠狠挨一巴掌，睁开眼，婆婆怒气冲冲地站在床前。夜里在墙角点了一盏小灯，照在婆婆脸上，像鬼似的，把我魂都吓掉了。"学生比个张牙舞爪的样子。

"她为什么打你呢？"我问。

"因为我把棉被拉到一边，让我先生溜到被外面去了。挨打好几次，我实在怕了，只好跟我先生分被，一人盖一床，总可以了吧！"学生哭丧着脸，"可是我婆婆又说我不体贴，不像个太太。真是进也不对，退也不对。前些时更妙了，我先生身体不好，我婆婆又说是因为我太体贴了，居然不准丈夫跟我睡。"

"睡哪里呢？"

"嘿嘿！说了您也不信。"学生笑了起来，"跟他老妈一起睡！"

想起以前一位邻居老太太。养了三个儿子，个个长得蛮牛一样，可是在老太太面前，又都服帖得像绵羊。

她家大扫除，可真精彩。老太太发号施令，丁零当啷，前刷后洗，好像要把房子翻过来一般。没半天，安静了！东西各就各位，打扫得一尘不染。

只是好景不长，没几年，儿子娶媳妇，分别搬了出去。

剩下老太太一个人，倒也没闲着，这家串串，那家住住。常见她匆忙地进进出出。再不然，就是整夜地打电话。

她的耳朵不好，嗓门儿大，半夜三更尤其听得清

楚。似乎全在骂媳妇，骂完媳妇骂儿子，骂着骂着就
号哭了起来，说什么要死了。跟着，便见儿子赶来，
那哭声就更响了。

妙的是，又隔一阵，老太太不再哭，她笑了。三
个儿子都离了婚，搬回来，一家人，又恢复了原先的
样子。

每次，我看老太太在三个儿子的簇拥下出门，都
想，她是成功了，还是失败了？抑或她成功了，儿子
失败了？

也使我想起在美国认识的一对老夫妇。

刚到美国大女儿家的时候，那老太太常哭，说放
不下家里的二女儿。又说二女儿有多乖、多体贴，就
因为太老实了，所以快四十岁，还没嫁。幸亏有二老
陪着，照顾她的生活。

　　说到这儿，老太太就掉眼泪："我们这次出来拿绿卡，一住半年多，真是可怜我二丫头了，四十年没离开过爹娘，她怎么过啊！"

　　又隔一阵，老两口儿终于赶回了国内。

　　家还是原来的样子，也仍然是老太太烧饭，每天等着女儿下班。

　　只是，没住多久，老先生居然催促老太太回美国的大女儿家。老太太拗不过，依依不舍地走了。

　　再隔一阵，二女儿来信，说恋爱成熟，要结婚了。

　　"我们出国出得对。"老先生后来跟亲近的朋友偷偷说，"我回中国台湾的第一天，就知道了。不能久待，非走不可。

　　"为什么？"朋友问。

　　"我打开家里的水龙头，流出来的水，全是红的铁锈！再看看水电、瓦斯，几个月没用过。你说，我们该不该走？时代不同了。"老先生大声笑道，"这叫'别挡路'！"

记得我二十多岁的时候，因为在电视公司当记者，已经有点知名度，也常出去应酬。我可以自己做东，不让桌上任何一位宾客被冷落；也能在大人物面前，阔谈天下事。

不解的是，每次我跟着母亲参加她老朋友的聚会，似乎就一下子缩小了，小到那种听令叫叔叔婶婶的年龄，连菜都不会夹，等着"大人"夹到我盘里。

我后来常想，我的口才和风采都到哪里去了？为什么在老母身边，我就成了乖乖牌，不再有主见，不再用思想，只是如同过去的二十多年一般，等着被安排？

我发现事态严重了，如果再不知道如何转换身份，我的创造力和潜能都可能受到束缚。

转眼，我的儿子也已经二十多岁。

今年夏天，他回台北。几天之后，我问他有什么收获。

"你一天到晚盯着我，我怎么可能有收获？"儿子一瞪眼，"你能不能不要整天用 BP Call 找我？"

我不再盯他。又隔一阵，我问他有什么收获。他又一瞪眼，说："大家都叫我刘墉的儿子，你处处为我安排，我怎么可能有收获？"

我不再为他安排，让他自己去闯。

一个月之后，他回到纽约，好像变了个人，更自信、更开朗，甚至，更会关怀家人。

过去，我搬东西，他总站在旁边看，等着我叫他过来帮忙。现在，他会主动帮忙。

过去，他会斤斤计较零用钱，现在突然变得大方。

有一天，他笑着问我：

"老爸，咱们到过祖国大陆那么多地方，你知道哪个地方我觉得最好玩？"

"悬空寺？应县木塔？云冈大佛？秦始皇墓？石林？滇池？漓江？"我猜了一串地方，他都摇头。

"是故宫！"他笑道，"我知道你猜不到！"

"为什么？"

"因为你说你去过太多次，叫我一个人去。没你在旁边，我可以用我自己的眼睛看，当然最好玩！"

在父母眼中，子女似乎永远长不大。我们牵着他们的手，由学走路的娃娃，到初入学校的孩子，再牵去中学注册，牵进结婚礼堂……

我们不断地牵，只是牵着牵着，不再感觉手上的重量，反而把我们的重量，加在了他们手上。

　　我们成为他们的负担、他们的电灯泡，甚至他们创造力的束缚者，却不自知。 还以为他们是长不大的孩子，需要我们牵引。

　　我真是欣赏那位知道及时隐退的老先生。 我常想，当他打开水龙头，流出浓浓的锈水时，心中是怎么想的？是失落还是欣喜？抑或失落中有欣喜——

　　"多好啊！她终于找到属于她的春天了！"

养的恩情大过天

　　在我住的小镇上，有个很著名的意大利餐厅，每次经过那儿，女儿都会指着喊："看！我同学萝拉生日派对的地方。"

　　那次派对，是我太太带女儿参加的。据说办得非常盛大，除了有专门带孩子游戏的小丑，怕家长们无聊，还特别安排了大人的节目。参加的人都说萝拉有福气，虽然只有一个单亲妈妈，但是，对这晚来的独生女，真是宠得像个宝。

但是，有一天萝拉突然不再上学，接着听说她妈妈心脏病发作，死了。更令人惊讶的是，萝拉是由哥伦比亚领养来的，照约定，现在得把她送回哥伦比亚。

许多家长都去参加了丧礼，看到躺在棺材里的四十多岁的女人，再看看坐在旁边，一双眼睛无助地张望的五岁孩子，许多人都掉了眼泪。

所幸，不久听到消息，萝拉没被送回哥伦比亚，因为她妈妈的遗嘱交代，把她送给自己的妹妹。幼儿园里的小朋友似懂非懂地，一个传一个：

"萝拉现在叫她阿姨妈妈了！她到别的学校，那里的老师也很爱她，她的老师也是被领养的。"

只是，小朋友们有好一阵子不安，常拉着自己的妈妈问："我是不是你领养的？你会不会忽然死掉？"

在美国的游乐场里，常看到一个有趣的画面——

一对夫妇带好几个孩子，一个白皮肤孩子牵在手上，一个黄皮肤的孩子背在肩头，怀里还抱了一个黑黑的娃娃，每个孩子都管这对夫妇叫爸爸妈妈。

于是耐人寻味了。是因为他们不会生，所以领养了三个，还是自己生了一个不够，又去抱养了两个？

美国人似乎并不避讳这个问题，许多孩子从小就知道，即便不知，父母等他们大了也会说。你问他们知道之后，会不会造成隔阂？大人孩子都一笑：

"怎么会？我们之间充满了爱！"

一位领养孩子的朋友说得好：

"领养的比亲生的缘分还深。亲生的孩子，是在自己子宫里找到的。领养的孩子，是在这个世界上找到的。子宫多小，世界多大！子宫里的孩子，当然是太太跟丈夫生的；世界上的孩子，却是亿万不认识的人生的。凭什么，我们在那亿万人里，就找到了他？"

前些时，《纽约时报》登出个惊人的新闻：

"十七岁的丹尼拉·佛西坐在法庭里哭。法官当面撕掉她的绿色身份证，命令她使用新的名字玛莉娜·撒法罗妮。并且警告她，永远不得再用'佛西'这个姓。"

原来验血证明，这女孩不是她父母亲生的。更可怕的是，发现她亲生父母竟在二十世纪七十年代被她的养父母杀死，她是认杀父母的仇人为父母。

可是在法庭上，这女孩哀求留在养父母的家里。

新闻见报，许多人议论纷纷。有的人主张严惩那些杀人盗婴的刽子手。有人则说："换作我，我也留在养父母家里。"

有位朋友讲得很有道理：

"要知道！佛西的父母是在战争中被杀的。战争怎会长眼睛呢？她倒应该感谢养父，是他长了眼睛，没让她被杀，还抱回部队、抱回国养大。他救了她一命，是恩同再造，这'再造'不就等于'亲生'吗？"

这也使我想起1992年秋天，美国的一则大新闻——

一个十二岁的男孩公然上法庭，要求脱离亲生母亲，并留在养父母身边。

小男孩不顾亲生母亲哀求的眼光，很坚决地说：

"我认为她根本忘了我，她完全不关心我的死活，幸亏养父母收容我。现在她又要我回去，我绝不回去！我已经不爱她了！"

小男孩胜诉了，因为许多事实证明，他的母亲没能照顾他。既然形同抛弃，不如让真正爱他的人来收养。

突然想起很早以前，在报上看过的一个小小的分类广告：

> 你意外地有了孩子吗？请不要堕胎！我们给你生活费、生产费，请把孩子留下，让我们这对没有孩子的夫妻来疼爱。

我当时心想，如果真有人因此救下了一个小小的生命，且给他家、给他爱，把他养大，那领养的恩情与亲生有什么分别呢？甚至可以说，亲生的母亲要杀掉孩子，养父母把孩子救下，后者比前者更伟大。

"生的请一边，养的恩情大过天。"这句谚语说得真好。生，总在激情之后。许多生不是真为了生，而是激情之后的意外。

怀孕的负担不过十个月，生产的阵痛顶多一两天。但是当孩子生下之后，由小到大，父母会有多少负担，多少阵痛？

要吃、要喝、要穿、要交学费、要送出国、要牵到地毯的那一端，样样都是负担。

每个病痛、每个伤害、每个迷失、每个迟不归来的夜晚，都牵动父母的心，像是千万次阵痛。

记得大学时代有位女同学，是家里的独生女。非常巧，校园里出现了一个跟她长得一模一样的女孩子。两个人碰面，你看看我，我看看你，像照镜子一般。

独生女回家告诉妈妈这个巧合。没想到妈妈脸色变了，突然掩着脸，哭了起来。哭完，擦着眼泪把她叫到身边，说出了她的身世。

她立刻跑去亲生父母的身边，留下哭泣的养母。

过几天，她回来了，紧紧地抱着养母说："我觉得你才是我的妈妈。"

又隔了几年，她已经大学毕业。有一天，母女二人聊天，聊到她小时候，做母亲的说："记得妈生你的时候……"话到一半，突然止住了，一掩嘴，不好意思地说，"对不起！妈忘了你不是妈亲生的。只是，只是怎么都觉得你是从我肚子里出来的。"

每次想到那画面，都觉得好真、好美、好温馨。

为了牺牲为了爱

自从搬到长岛，便有了许多医生做芳邻。不知因为医生对生死特别敏感，还是钱赚得太多，常见他们杞人忧天，为死后操心。

他们倒也不是怕死，而是怕"山姆大叔"。唯恐偌大的遗产，被美国政府抽去。

"想想！遗产税这么高，死了不久，孩子就得缴。没那么多现款怎么办？只好卖房子！"

"是啊！我们一死，孩子连窝都没了！"

人一为死操心，保险掮客就有得赚了。只见众家"医生娘"，不是去听"遗产税"讲座，就是听"为子女立基金"的演讲。

那五花八门的讲座，倒也提供了不少"点子"。譬如怎么让孩子不能一次领到遗产，免得年轻时乱花，到老了又穷。又譬如，怎么避免不上路的媳妇或女婿假结婚，真弄钱。

"你们要知道，如果我们早早死了，孩子虽然到十八岁才能领遗产，有些不肖之徒，很可能设好局，没等孩子到十八岁，已经骗一大笔，写下借据。等孩子领到遗产，左手进、右手出，全给了别人！"

"小心哪！你儿子的女朋友，搞不好不是看上你儿子，而是看上你！看上你家的大房子！"

一个吓一个，加上保险掮客推波助澜，许多有钱的太太，居然惶惶不可终日。

有一天大家聚会，又提到死后的事。我好奇地问："你们怎么不想想，如果留下太多钱，很可能对子女不但没好处，还有坏处。你们活着省，死了，他们浪费！"

"这有什么错呢？"有位医生笑道，"我们活着忙死了。半夜三更，电话一响，已经'开三指'，衣服没穿好，就往外冲，飞车去接生，搞不好，撞了。"他双手一摊，"自己没享受到，总该有人享受吧？"

其实为子女发痴的，倒也不全是这些医生，附近中国城里，总传播着各种"可怜老人"的故事。

有些老人家，到处骂自己的孩子，说儿媳妇不孝顺、儿子窝囊，害自己站都站不稳了，还要帮他们洗衣服。

还有些老人，骂完孩子骂美国，说全是美国人害的，居然打长途电话的时候，孩子在旁边看表。在电话单上，把老头儿、老太太打的电话一一勾起来，要钱！

"你不是很有钱吗？"

"是啊！"老人家直哭，"早就分给他们了啊！"

"为什么不自己留着？"

"怕一下子死了，被抽遗产税呀！"

想起以前听过的一个故事：

有个老妈妈，老得不能走路了。儿子不愿养她，把她背上深山，喂狼吃。

老妈妈在儿子背后倒没闲着，手上抱了一包白色的小石块，一路扔。

儿子回头问："娘！你扔石子儿干什么啊？"

"娘怕你迷路，下不了山！"

有一天，我在台南演讲，说到爱往往比较向下，而不向上。父母爱子女，总比子女爱父母来得多。还举了个例子，问现场的听众："想想！如果有一天发生灾变，一边是父母，一边是子女。你们只能救一边，救了这边，另一边就得死。你们会选择自己的父母，还是子女？"

我没给答案，怕太敏感。

回到台北，接到听众的电话。

"我跟我妈一起去听了您的演讲。"一位中年女士的声音，"回家的路上，我妈就问我：'照刘墉说的，一边是孩子，一边是你老娘，你救谁？'"

我吓一跳，心想：糟了！给她找了麻烦。十分紧张地问："你怎么答的呢？"

"我想了半天，不愿意说假话，所以我答：'我救我的孩子！'"

我的心跳得更快了："你母亲有没有生气？"

"她居然没生气，还鼓掌，大声叫好，说对极了！因为换成她，她也先救我。"

常想起在儿子念高中的时候，有一天我把拍好的底片交给他，要他下课之后，绕个路，帮我送去冲洗。

晚上，他把底片原封不动地带了回来，说他有事，没能过去。

我火大了："你到底把老子的事还是你的事放在第一？我的重要，还是你的重要？"

"当然是我的！"他居然一副很无辜的样子。

我气死了！气了好久，每次想到都生气，心想：我是他爸爸，父亲的事，比天还大，儿子那么说，真是大逆不道。

只是一天天过去，看他一天天大了，开了演奏会，上了演讲台，出了散文集，收到的信件比我还多。有时候他的同学打电话来，说话也不再像毛头孩子。每次见他忙进忙出，我开始想，自己以前是不是错了？

我们把他生下来，就是生下个生命，生下个独立的人。他从小要吃，要喝，要东西，要零用钱，要私生活，要他自己的见解和价值观。

他有什么错呢？他不长大、不独立，怎么去寻找他的伴侣，养育他的下一代？

看生物影片，四千多米的喜马拉雅山上，大多数的植物，都冻得匍匐在地面上。却见几棵像灯笼般的树，高高地站着。

那不是树，是一种草，在粗大的茎上，长满薄而透明的叶子，层层包着它的种子。

研究人员拿温度计测量，外面是冰冷的寒风，那树叶包裹的里面，却有十八摄氏度之高。多么聪明的植物啊，用薄薄的叶片搭成玻璃般的温室，呵护着它的种子。

然后，种子成熟，母株死亡。

怪不得有人说，愈是对下一代有爱的生物，愈能在这个世界生存。经过亿万年的陨石风暴、冰河冻原，能绵延到今天的生物，都有着最能牺牲的上一代。

我们因爱而结合，因爱而牺牲，因牺牲而绵延。我相信，如果有一天我的孩子说，他自己的事比较重要，他更爱他的子女，我会像前面那位开明的母亲一样，为孩子鼓掌！

有爸爸多好

"刘小弟要不要吃糖？"

小时候，每次跟父亲到胜利点心铺，胖胖的老板总会先拉我到门口一排高高的糖果桶前面说："自己拿！自己拿！"然后，不必等我动，他已经两手各抓一大把，往我裤袋里塞。

虽然才六七岁，我已学会了客气，躲躲闪闪的，没等糖放好，就往父亲身边跑。一边跑，糖一边掉，胖老板则跟在后面捡，气喘吁吁地再往我怀里塞。

父亲在"中央信托局"上班，办公室在武昌街，离衡阳路的胜利点心铺不远。他跟老板很熟，常把同事往店里带，还得意地说那些点心是由他建议改进的，胖老板则猛点头说："可不是吗！可不是吗！这一改，味儿更对了！"

"胜利"卖的都是"京味儿"的北京点心。最让我难忘的是"翻毛大月饼"，大大的、白白的，上面印朵红色的小花。我总是小心翼翼地捧着，因为稍一碰，月饼皮就会层层像羽毛似的掉下来，掉一地，被母亲骂。

父亲常为我用刀切开，切成小块儿，容易放进嘴里。有时候切枣泥馅儿的月饼，切完，刀上粘了些枣泥，父亲还把刀放进嘴里，舔干净。一边说："这是真枣泥！真正红枣做的，很贵很贵！"

那枣泥确实好吃，不太甜，却有一种枣香，和着像鹅毛般的皮儿一起嚼，感觉特殊极了。我尤其记得，有一次没等父亲切，自己先掰开一块，虽然成了两半，那枣泥却丝丝相连，拖得好长。

"瞧！这就是真枣泥！"父亲说，"黏而不腻。"

我九岁那年，大家正准备买月饼的时候，父亲却咽下最后一口气。从那年，我没再进过"胜利"。

母亲不带我去，说"胜利"的东西太贵，老子死了，吃不起。月饼哪里都有，随便买几块，应应景，就成了。

有一回，我们到家附近的点心店买了几块枣泥月饼，我当场掰开一块，没有丝，一丝也没有，根本是豆沙。

"这是假枣泥！"我说。

那老板居然当场变了脸色，大声骂道："放你妈的狗臭屁！"

母亲一声不响地拉我走出店，还教训我："你怎么指望这种小店卖真枣泥呢？你老子活着的时候，真把你惯坏了！"

我没吭气，只是心想，他骂我妈，我妈为什么不生气？爸爸在就好了！

还有一件让我不解的，是每次我去小店买糖，虽然只是最便宜的烂糖，那老板却在他的脏手里，数来数去。为什么"胜利"的胖老板，大把大把地抓糖，他从来不数呢？

三十五年了，一直到今天，每次妻买了枣泥月饼回来，我都会把它先掰开来看。

就在掰开的一刹那，仿佛总会听到父亲的声音：

"瞧！这就是真枣泥！黏而不腻。"

也总听见小店老板骂道："放你妈的狗臭屁！"

然后，我会把小女儿叫来，搂在怀里，一边喂她吃月饼，一边对她说："有爸爸，多好！"

没了手的爸爸

陪女儿看迪士尼的卡通片《狮子王》。

"真高兴，终于在迪士尼的卡通里出现爸爸了。"走出戏院，我兴奋地说。

"不对！不对！迪士尼卡通里都有爸爸，只是没有妈妈。"小女儿立刻叫了起来。

妻也附和："是啊！没有爸爸，白雪公主和灰姑娘哪来的后母？睡美人有国王爸爸，木偶匹诺曹有木匠

老爸爸，《美女与野兽》里的美女不也为了救她爸爸
而留在古堡吗？所以迪士尼的电影里，主角多半死了
亲妈，剩下保护不了孩子的饭桶老爸！"

我怔了一下，答不上话。想到《睡美人》里对付
不了巫婆的国王爸爸和许多其他故事中后娘的嘴脸。

可不是吗！当白雪公主吃毒苹果的时候，她的
爸爸在哪里？当灰姑娘被欺侮的时候，她的爸爸在
哪里？

迪士尼制造了一堆无能的父亲，难怪我忘记了他
们的存在。

许久以前在报上看过一个有趣的新闻。台北某
幼儿园的主任为了了解孩子心目中的父母，特别收集
了一百多幅小朋友的图画，发现里面大多数的父亲没
有手。

"在孩子心目中，父亲是缺乏接触的人。"幼儿园的主任说。

父亲真是不太跟孩子接触的吗？我想起女儿小时候，洗澡全由我负责。有一回生病吐奶，我甚至急得用嘴去吸她被奶堵住的鼻孔。

但也想起有一次到朋友家，看他的女儿尿布湿了，朋友要去帮忙，却被他急忙赶来的母亲拉开，十分严肃地说：

"男人怎么能做这种事？这是女人的事！"

难道旧社会父亲那种不苟言笑，不太跟孩子打成一片的样子，竟是所谓的"风俗礼教"教出来的吗？

记得大学时代，一位老教授说过：

"男人就像公鸟，当母鸟在窝里孵蛋的时候，公鸟的责任是出去找东西吃。所以男人不能待在家里，

他的天职就是出去工作。 男人太爱孩子，会影响事业的发展。"

　　他这段话影响了我好久，可是有一天看到一幅精彩的图片，我的观念改了。

　　图片上是冰天雪地的南极，成千上万只企鹅直挺挺地朝着同样的方向站着，好像千百块"黑头的墓碑"，立在风雪中。

　　我好奇地看说明，才发现那是正在孵蛋的帝企鹅（Emperor Penguin）。 它们把蛋放在双脚上，再用肚腩和厚厚的羽毛包覆着，使那些蛋在零下四十摄氏度的风雪中，仍能维持在零上三十七度。 更令人惊讶的是，这些孵蛋的全是企鹅爸爸。

　　在雄企鹅孵蛋的五十多天，雌企鹅会去远方找食物。"她"出走的两个月当中，雄企鹅不吃任何东西，就这样直挺挺地站着，因为只要它们离开几分钟，那蛋就会冻坏。而当小企鹅被孵出，妈妈还没回来时，企鹅爸爸则吐出自己的胃液来哺育孩子。

我也在生物影片里，看见一种俗名"耶稣鸟"的涉禽。照顾幼鸟的工作，完全由公鸟承担。影片里两只小鸟在水里玩，公鸟则在一边守望，突然看见鳄鱼游过来，雄鸟立刻冲到小鸟身边，张开翅膀，蹲下身，把小鸟一左一右地夹在腋下，飞奔而去。

我还在美国奥杜邦生物保护协会出版的书里，看到一种叫蹼脚鹬（Heliornithidate）的鸟，完全由雄鸟负责孵蛋、带孩子。

书上解说：因为这种鸟跟其他鸟不同，它们的羽毛不是雄鸟华丽，而是雌鸟华丽。雄鸟体形也比较小，既适合在小小的巢里孵蛋，又有保护色，所以夫妻的职责就互换了。

合上书，我心想，连鸟类都知道夫妻看情况来调整角色，为什么在人类社会，许多人反而认为只能由妈妈照顾小孩。要知道，男人不但会很爱孩子，而且当妻子不让丈夫"动手"的时候，也是剥夺了孩子和父亲相亲相爱的机会。

记得小学时候，有一篇课文这样写道：

天这么黑，风这么大，爸爸捕鱼去，为什么还不回家？

记得林焕彰有一首诗：

我很辛苦，夜以继日。

肚子饿了，也不敢买东西吃。

我打街上走过，

　　看人家的孩子，围着面摊吃面；

　　看人家的孩子，跑进面包店买面包；

　　看人家的孩子，挤在糖果店买糖果……

　　我边走边想：

　　回家以后，我该给我的孩子，

　　一些些零用钱，偷偷地摆在他们的书包。

记得在四川，一位卡车司机对我说：

"我可以用偷的、用抢的，甚至不得已，用杀的，也要让我的孩子过得好。"

记得一部抗日影片中说：

"为了我们的子子孙孙，我们要战斗下去。"

更记得，我的一位大学男同学，年轻时豪气干云，满怀理想，稍不顺意，就大发雷霆。二十年后，再见到他，安静了，即使上司借故找他麻烦，他也低头忍下来。

　　"没什么！没什么！挣碗饭吃嘛！多累、多气，回家看孩子一笑，就都烟消云散了。"

　　我常从办公室的窗口，看马路上匆匆来往的男人。下班时，许多人像是用头拉着身体向前走。我就想，他们的头又是被谁拉着走呢？

　　是家？是孩子？

　　每次在电视新闻里，看见战场上满地的尸体，绝大多数是男人的。我都想，他们当中，有多少会是孩子的父亲？他们的孩子，有多少会真正想到，父亲是为家而杀人，也为家而被杀？

　　今天，我要对每个"没为父亲画手"的小朋友说：

　　不要以为父亲不常抱你，是不爱你。他的手可能正在弄黑黑的机油，他的手可能正在掏脏脏的下水道，他的手可能正在电脑的键盘上打得酸痛，他的手可能正在急着多挣些钱——给你。

他的手，甚至不知道疼惜他自己！

所以，不要等他伸出手拥抱你，你应该先伸出手拥抱他，说一声：

"爸爸，我知道你的牺牲。爸爸，我爱你！"

天地未了缘

泥土是要被『看透』的，

它们在表面的植物下，述说着许多故事。

拥抱大地的情怀

小时候最爱跟父亲去万华"打泥人"。

一排又一排五彩的小泥人，整齐地站在架子上。父亲端起气枪，砰！小泥人被打倒，掉在下面的网子里。

于是，我的玩具堆里，又多了个小泥人。

小泥人拿在手上有点黏，因为上面涂了广告颜料，不小心碰到水，就变成一片模糊。我常把小泥人翻过来，看它的脚底，那里没有颜料，露出褐黄的泥土，跟院子里的泥巴差不多。

"多神妙啊！用泥巴能捏成这么可爱的小人儿！"

又有一天，我看《儿童乐园》，上面画个玩泥巴的老人。说那老头儿做了一辈子的茶壶，都不满意。有一天，他把做壶之后用来洗手的一盆水倒掉。倒完水，发现下面沉淀了不少泥。心血来潮，就用那泥做了只壶，烧出来，竟成为前所未有的好茶壶——闻名世界的"宜兴壶"。

从那时起，我就深深地爱上泥土。在我幼小的心灵里，泥土是神奇的，它不但能长树、种菜，还可以捏成人，做成壶，或细细黏黏地沉在水底，成为无价的东西。

我常偷偷把纱窗卸下来，架在两块石头上，再把泥土倒在上面搓磨，让细的泥沙落下去，粗的石砾留在上面，然后用这筛选过的泥土去种菜。

我也试着把泥土倒在脸盆里，搅成泥水，再将水倒掉，看下面沉淀的泥是不是能捏成一把"宜兴壶"。

我也曾趁着挖马路、埋水管的时候，跳进大土坑里，掏下面的泥，用那种灰灰的黏土，揉成一个个"泥弹珠"。

有一阵子，我甚至迷信自己的"泥珠"能够打碎别人的玻璃弹珠。

虽然我的菜圃从没长出什么"大菜"；我的"宜兴壶"从来没有捏成；我的"泥珠"在十几个同学的注视下，被玻璃珠打成了两半。但我对泥土的迷信与幻想，却至今不变。

当别人逛花市、赏花的时候，我常把手指伸到花盆里，摸摸里面的土，以便了解那花是用沙质、黏质、中性壤土或只是软软的"泥炭藓"种植。

当别人旅游，都在欣赏风景的时候，我会注意路边的泥土。碰到开山、铺路，或农人掀土，最令我兴奋，因为我能看透泥土。

泥土是要被"看透"的，它们在表面的植物下，述说着许多故事。甚至可以讲，每一种风景，都是泥土创造的。

走在瑞士的山麓，看着《真善美》电影中一望无际的草坡，像是一片绿色的大地毯，从山头一折又一折地伸到山脚。当大家都心旷神怡，说瑞士人得天独厚，拥有这么美丽的风景时，我却看到了另一种真相。

在马路的边缘，和草坡接触的地方，竟然露出一块块白色的石灰岩。只在山势比较平缓的地方，有些土壤堆积。也就在那堆积处，能见到几片针叶林。

长年雨雪的冲刷，把瑞士山头的泥土都带向了下面的平原，造成德国和法国的肥沃田园。留下贫瘠的瑞士，虽有湖光山色，却只能种种牧草。

也曾走在黄土高原上，看农人挖沟渠，一条细细的水沟延伸了几百米。

"这中间不铺水泥吗？水不是没流多远，就会被沟吸干了？"我问。

农民笑笑："你倒盆水试试！黄土细得像面粉，别以为它吸水，有时候它都渴裂了，还是留不住水呀！"他拉着嗓子，摇摆着头，用唱歌似的声音说，"这就叫黄土高原！"

我也曾到达极北的挪威，看那一望无际、高低起伏，虽然草木不生，却又一团团鲜绿的冻原。

　　那绿，绿得像是里面发光的宝石，冷艳冷艳的。千万年来的冰河覆盖下，只有苔藓能够生存。而且一代死，一代生，在上一代的上面，长出下一代。摸上去，都是那么厚而柔软，像是好多层厚厚的毛毯铺在石块上。

　　也看到一些农人在种牧草，耕耘机过处，泥土翻起来，果然都是黑褐色的"泥炭藓"。谁能想象，在这草木不生的冻原，反而有着沃土？

　　可惜沃土因为冷，只能种点牧草。早在九月初，农人已经驾着长颈鹿似的收割机，把牧草收成一包一包，准备过那漫漫的严冬了。

　　突然想起有一年去武陵农场，通过一处峡谷，见到开阔的武陵。

一畦畦的田，正长着丰硕的大白菜。自动的喷水器，织起一片水网。

我们的车子，从中间驶过，发现那田边竟全是石砾。顺着石砾往田里望去，连蔬菜下面也是碎碎的石块。

"你乍看，以为这是武陵的桃源。错了！这是人造的桃源、人造的沃土。"老农民笑着，"一堆石头、一堆鸡粪、一棵菜，加上许多血汗，武陵是这么出来的！"

四十年了，走过许多国家，摸了许多泥土。即使没有机会摸到，隔着车窗，我也用眼睛去触摸大地。

多美的土地呀！多美的人哪！当他们两者结合，更是多么美好！

那是小泥人、宜兴壶、瑞士一望不尽的草坡、挪威翠绿照眼的牧场、黄土高原浓密密的高粱田，以及武陵山谷肥沃的菜田和果园……

那是个天人合一的世界。

所有的港都能停泊

　　和妻参加旅行团，到达挪威中部。

　　当天下午是自由活动，我们漫步出旅馆，沿着峡湾溜达。挪威的人口很少，尤其是这山间的小城，据说当严冬来临，一天只有六个小时的日照，整座城市剩下不到两百人。

　　即使这八月底的夏天，山头都积着白雪，且顺着山谷延伸下来，成为三角形的冰河。

走过一间速食店，一惊，里面播出的音乐居然是《新鸳鸯蝴蝶梦》。探头进去，迎上个东方面孔，以及柜台上写的一行小小的中国字：中华料理。

"这是中国餐馆吗？"我用汉语问。

"如果你要吃中国菜，"老板走出来笑道，"我们特别为你做。"

整个礼拜吃生冷的挪威食物，这餐纯正的中国菜，真有救命的功用。那老板却一个劲儿地在旁赔不是：

"这里什么都买不到，别说中国作料了，连米都得去奥斯陆带。"

老板四十多岁，矮矮的，广东口音，说是早年以厨师的名义应聘来的。他守在桌边跟我们说话，听到别的客人招呼，便跑开。隔一下，又站回我们桌前。

突然看见两个十二三岁的中国男孩，从里面跑出来。

"你的孩子？"我问。

"对！可是不会说中国话，他们是挪威人。"

"挪威人？"

"是啊！他们自认是挪威人，天天吃家里的中国菜，可是不讲中国话。有一次跟我吵架，居然骂我思想落伍，太中国了。然后对我吼，要我回中国去。"

"回去过吗？"

"中国？"他抬起头，好像看看远处，又摇摇头，"太远了！"

突然使我想起纽约的一个朋友说过的话：

"我来美国，生了一堆美国人，而今在家里，却成了少数民族，只有我是中国人。动不动，他们就叫我回中国。"他叹口气，"可是，哪里是我的家呢？我在祖国大陆待了十五年，到台湾地区住了十五年，来美国又住了十五年，活到快五十岁，却发现没有了

163

生　生　世　世　未　了　缘

故乡。"

　　也记得大学时代，未婚妻做家教。有一年暑假，
教两个美国回来的孩子中文。

　　每次她去教课，都听见家长跟孩子吵。孩子总是
大声吼着：

　　"我是美国生的，我是美国人！为什么要学
中文？"

　　当时听说，我心里好反感，明明是黑头发、黑眼
珠，父母又都是在中国台湾长大，为什么那孩子偏不
认自己是中国人？直到自己到了美国，看街上跑的孩
子，红头发、黄头发、黑头发，全自称美国人，才懂
得什么叫"出生地主义"。

　　他在哪儿出生，哪里便是他的土地、他的故乡。

　　旅行团里有位加拿大的白发老医生，以前专做耳

鼻喉科的特殊手术，退休之后则带着老妻四处旅行。

有一天，我们交换名片，他没带，要张纸，埋头写了半天。

"你的地址真长！"我说。

"我有四个家，老家在蒙特利尔，夏天在海边的别墅，冬天则在佛罗里达的西棕榈滩。在瑞士，我也有个房子。"老医生笑笑，"你猜着打电话，不过八成找不到我们，因为这两年，我们哪个家都不常待了。"

我不解地看看他。

"起初，你会觉得家是个窝，于是到哪里去，总以家为中心。譬如，我们到欧洲，就都由瑞士的家开车出门。德国、法国、奥地利、意大利，跑完了，还是赶回瑞士的家。"老医生搂搂身边的老妻，"可是，什么是家呢？孩子大了，老婆在身边，就是家！哪里都是家，何必非要往那几栋房子跑？那是房子！是死心眼儿！不是真正的家！"

记得初到美国时，在弗吉尼亚州一个艺术家的聚会中，见过一个人，一个我永远也不会忘记的人。

他皮肤黑黑的，头秃了，只剩下后面半圈白发，却有着一脸的络腮胡子，又黑又鬈地盘绕着他大半张脸。他的声音是低沉的，偶尔几声大笑，又惊人的响亮。

大家管他叫"船长"，因为据说他有条船，一条船龄已经三十多年的机动帆船。

三十年前，他二十岁，买了那艘船，从纽约一路往南开。开到弗州，住了一个星期，开到南卡罗来纳，住了几个礼拜，再开到佛罗里达，住了几个月。

然后，他到了加勒比海，在墨西哥的一个小港城，

一住就是三年。 接着胆子更大了，居然横跨大西洋，
到达欧洲。 在西班牙、法国、意大利各住了几年，最
后去非洲，且到了东非，在坦桑尼亚和肯尼亚几乎生
了根。

其实他在哪里都生了根。 在墨西哥，他说西班牙
话；在非洲，他讲法语。 他走进市场、走进贫民窟，
很快学会当地最俚俗的腔调。 他跟每个陌生人打招
呼，让人疑惑他是自己以前的老邻居，只因为胡子遮
住脸，而认不出来了。

在西班牙，他居然当选镇民代表，还出去开会
呢！没有人怀疑他不是当地人，没有人问他是哪里
生的。

"我生在地球上，天天踩在地球上。"他狠狠地拍
着地，"噢！噢！我的母亲的土地！噢！噢！我的地
球！我的故乡！"

"要不要再来点香酥鸭？"眼前的老板笑出一脸褶子，"我请客，真正中国味！"说完跑了进去，便听见里面刀铲撞击和炒菜的烈焰声。

远处的冰河似乎又向下移动了，据说再过两个星期，这里就会关闭，所有的旅行团都将停止来此，准备接受一个漫漫长夜的冬季。

不知为什么，我想起黑龙江，想起哈尔滨。觉得这挪威峡湾边的小城，竟有些中国东北的感觉。觉得峡湾里的那些船，似乎一扬帆，就能泊在中国。

一首不知名的诗，浮上心头：

没有家，就是以天下为家。

没有港，就是所有的港都能停泊……

今生未了缘

生命的灵光乍现，

我们又重新孕育、重新生长，

成为另一个人生。

让生命在记忆中呈现

一位罹患严重忧郁症，而接受"电击治疗"的妇人，控告她的医生，要医生赔偿她十年的生命。

"当我做完电击，丈夫走过来，我吓一跳，他怎么突然老了那么多；接着儿子也来了，我又吓一跳，这个大男人是谁？他长得那么像我儿子，可是我的儿子才六岁，他怎么看来有十六岁。 等我走到镜子前面，我更吓哭了，镜子里的我，为什么那么老？我脸上怎么突然添了那样多的皱纹？"妇人接受电视访问时哭诉，"我一下子失去了十年的记忆，过去十年间的事，一点也记不得，我的生命等于空白了十年，我失去了十年的生命。"

"问题是你确实活过了那十年啊！"记者说道。

"可是我不记得，不记得对我来说，就等于没有活过！"

她令我想起去年在报上看到的一则新闻。

一位住在美国佛罗里达州的安妮·沙比罗太太，自从 1963 年 11 月 22 日，肯尼迪总统遇刺的那天晚上中风昏迷，直到 1993 年 10 月 14 日，居然奇迹般地苏醒。

"肯尼迪被刺了！"她一醒过来就说，然后想到她最爱看的电视节目，"我要看《我爱露西》。"

"《我爱露西》二十一年前就播完了。"她的儿子说，"露西也早死了！"

她吓一跳，看看自己的儿子，发现那个十八岁的大孩子，已经成为四十八岁的中年人。

直到她的丈夫颤巍巍地赶来，她才确定自己不是在做梦；也才知道自己已经由昏睡时的五十二岁，跨过三十年，成为八十二岁的老人。

"多么难以置信，我只觉得自己睡了一觉。"她摇着头说，"对我而言，今天还是 1963 年。"

跟前面这位老太太比起来，最近《读者文摘》上约翰·派克南（John Pekkanen）报道的一位年轻人提姆就幸运多了。

当提姆驾车失事而造成脑干瘀血之后，神志不清了五个月。然后有一天，当他母亲问他家里的电话号码时，他居然说出了二十年前的电话，那时他才五岁。

渐渐地，他想起六岁时的电话和朋友，又想到七岁时一起玩的小女生。

提姆开始玩他小时候的卡车、士兵和超人玩具，连说话的样子都像个小孩子。

他重新学写自己的名字，学穿衣服、刷牙和吃饭。

他终于回到了中学的岁月，想要交女朋友，也再一次表现了"叛逆期"的火暴脾气。

五年后，提姆回到大学。他的肉体、生命和生活的经验，又重新聚在一起。

想起最近和名画家马白水老师一起吃饭时，马师母说，现在马老师变得不知道怎么坐公车、搭地铁了。

"我现在都得带着他，好像带个八十多岁的老孩子。"看来还很年轻的马师母笑着说。 马老师也直点头："可不是吗！让她牵着走，这叫妇唱夫随。"

"可是马老师明明还很硬朗啊！说话还那么幽默。"我说。

"是啊！他只是忘了六十五岁以后，来美国学到的东西。"马师母说。

也想起不久前一个学生对我说的"家事"——

"我爸爸突然得了健忘症，也可以说是老年痴呆。我和弟弟坐在他面前，他居然不认识，还问我们姓什么。 然后大笑说：'难得难得，全是本家。'又转身叫我妈，'你怎么不为这两位张先生介绍介绍？'"学生说，"可是，当我妈拿出我们小时候的照片，他就认得了，指着照片对我们说：'来看看！这是我的两个儿子，一个六岁，一个七岁。'"学生哭丧着脸，"只怕再过一阵子，他连我妈都不认识，只能认得我祖母的照片了。"

　　我常想，我们的脑海，会不会就像个仓库，愈早堆进去的东西，存得愈久。有一天，仓库不堪用了，我们开始往外搬东西，愈是摆在靠外面的，愈先搬走。我们也就一步一步，退回童年。

　　我也常想，当我们的仓库搬空了，是不是就回到最初的胎儿时期？我们由不再会认路、不再会穿衣吃饭，到不再认识亲人。我们仿佛重新回到母亲肚子里，那个小小的宇宙之中，在羊水里漂浮。

　　然后，我们回到了更早的"原点"，那个"阴"与"阳"最初交会的刹那。

　　生命的灵光乍现，我们又重新孕育、重新生长，成为另一个人生。

也想起卡缪在《异乡人》那本书里，透过主角说的"我牢记不忘的生命就是今生"。

还有那位接受电击而丧失记忆的妇人的话——

"不记得对我来说，就等于没有活过。"

我发现生命最充实的时刻，不仅是最有成就的时候，更是最有记忆的时候。

当我们往回想，可以想到四五岁时的画面；当我们往近处想，可以记起前两周认识的朋友和今天早餐吃的东西。我们就拥有了整个的生命，不论实质，还是感觉。

所以，我最近一边仍然往前冲，一边常常往回想，想我初恋的小女生和中学的老同学，也想想刚入社会的人与事。

想一遍，就是重新活一遍，就是实实在在地感受生命。免得年轻时不想，到老来又渐渐遗忘，最后莫名其妙地回到了原点。

多堪咀嚼的生命的滋味啊！在记忆中那么真实地呈现！

再年轻一次

接到高中老同学的信：

"寄上近作，共八页，有不妥之处，包括文题，请费神代为改正。 川端康成曾说：'自大战后，即落入日本自古以来的悲伤中。' 我自重新执笔写作以来，似乎也逐渐掉入久远的悲伤中。 为了要捕捉那逝去的影像，过度专神，常无法入眠……"

放下信，感慨良多。 想到三十年前同窗时，他的豪情与才气，想到去年重逢时的彻夜长谈。他的词锋仍健，但是豪气不再了，代之而生的，是满腔的愤世嫉俗。

"你这些年，读了这么多书，有那么多看不惯的事，何不写出来？发泄发泄！别让你的笔生锈了！"我对他说。以后每次通电话，也都怂恿他动笔。

终于在年初，接到他的一篇短文，我马上打电话去赞美，并催他继续。果然，不久又收到两篇。我再去电："你的笔没锈，愈写愈棒了！继续写！有一天出本书，保证轰动！"

文章愈来愈多了，他真像是久久未曾使用的水龙头，一下子被打开。那几十年积下的灵感和愤懑，竟喷射而出。

他的文章确实是充满愤懑的，如同信中说的，他从大学毕业、留学英国，又转到美国，考取律师执照，并在纽约成为中国城著名的律师。却也在这二十年的漂泊之中，积压了太多的伤感。恨国、恨家，也爱国、爱家，爱这块他生长的土地。

他的文章是辛辣的，如同法庭上的词锋；情感是激烈的，仿佛重拾了他的少年情怀。我一篇篇读着，像是展读他火热的灵魂。

多少才情高旷的作家、诗人，进入中年之后，创作就停顿了。他却相反地表现了如同少年人的勃发力。

令我想起周腓力，封笔许久，在美国打拼多年之后，重拾旧业写成的《一周大事》，发表时，真是技惊四座，立刻捧回文学大奖，而后也是佳作连连。

我发觉我们这受尽升学压力，小时候吃完晚饭，还要背着大书包，抱着《图解算术》去补习的一代，因为由小到大，都在"升学"中挣扎，竟在不知不觉中，失去了火热的少年情怀。

而那情怀，是每个人都该有的啊！

就像是埋藏在深土的种子，它们也要萌发。一朝见到阳光，它们会生长得比"浅土"的种子更高、更大，也更快！

问题是有几人，在被"考"得焦头烂额，走出学校，在社会打拼二十年，再养一窝儿女之后，能够重温往日情怀，甚至把那"久已封坑"的"灵感之矿"重新开启呢？

抑或，就这样，随着中年，消沉了志气，消磨了锐利，逐渐萎落，成为大地的一部分。

也想起以前认识的一对美国夫妇，当最小的孩子进入高中，有一天，太太突然说："孩子终于长大了！我太早结婚，没有享受应有的青春，就让我抓住青春的尾巴吧！"

然后，她就离开丈夫，离开孩子，离开家，去了一个大家都不知道的远方。

直到去年，她回来了，一脸的皱纹，也一脸的欢喜，她说：

"我回来了！不负此生！我可以安安静静，等待老年的到来了。"

于是，老同学信中所说"为了要捕捉那逝去的影像，过度专神，常无法入眠"不正是重捡少年情怀的经验吗？他的难眠，是因为满腔热火再被点燃。

多么有幸啊！中年以后，再年轻一回，把几十年来要讲没讲的，一股脑儿地倾吐出来，然后说：

"不负此生！"

我提起笔，写了这四个字给他。

当我们年轻的时候

　　有一位女学生，长得挺漂亮，又能说善道，却年过三十五岁，还没个主。

　　"我才不要什么主呢！我自己是自己的主。"学生也嘴硬，"宁愿做一辈子的公主。"

　　"她就是做公主做坏了，一直还在做她的少女梦。"别的学生偷偷说，"譬如最近，有个从美国回来的学人，我们给她做媒，那人一见面就喜欢她，偷偷讲：

'这女生跟我妈年轻时的味道很像。'可是你知道吗，接下来出去吃完一顿饭，就吹了。"

"为什么？"

"因为她带那男人去一家最贵的法国餐厅，再点最贵的东西，那男人差点儿出不来了。隔天就打电话给我，说这种女人他养不起。"

"养不起！"

记得我大学时代的一个同学，在跟他女朋友吹的时候，也说过同样的话。

那时候大家都穷，我这位同学因为把师大发的"公费"都拿去买油画材料，所以尤其穷。跟女朋友约会，不敢往电影院、"纯吃茶"跑，每次都朝植物园里钻。

大热天，蚊子多，他甚至带着蚊香。想必花前月下、卿卿我我，没想到才约会了几次，就拜拜了。

"这女生每次坐不久，就要往门口溜，而且每次都去广州街那个门，门外有卖甘蔗汁的，我最怕去，她偏要去，而且一去就喊渴，害得我花钱。这种女生，生性浪费，我将来养不起！"

天哪！只为小小几杯甘蔗汁，他就打了退堂鼓。

也使我想起自己谈恋爱的时候。

那时节，我还住在违章建筑区，父亲过世，留下的一点积蓄，吃得差不多了。

我交了个女朋友，父亲在华航做事，常穿进口货，总说将来要去做空姐或出国。

她一提，我就头痛，就想打退堂鼓。出国？我做梦都不敢想。当空姐？不是一下子就飞了吗？

渐渐地，她不想飞了，也不再提了。她的心被我拉回地面，跟着我住进违章建筑。

　　只是新婚，有一天晚上，望着天花板，她突然说：
"我希望将来能有钱。"

　　她那几个字和灰蒙蒙的天花板，一起烙在我的
心上。

　　好沉重的一句话啊！让我扛着，每次想起，就觉
得肩头一沉。

　　二十多年过去了！绕了半个地球，拼出了些成绩，
也有了点积蓄。可是，她身上穿的，竟还有大学时代
的衬衫和新婚时做的长裙。

　　"有钱，是要不缺，让孩子能过得好，就成了！"
她说。

　　突然想起小时候听大人聊天，偷偷说某同事的太
太，原来是上海某大舞厅的舞小姐。

那时候，我才七八岁，却不知为什么，记得这么清楚。大概因为那舞小姐的儿子常跟我玩，我也常去那舞小姐家吧。

自听了那"消息"，我就用好奇怪的眼神，看他们一家。只是，舞小姐不都该浓妆艳抹、穿高衩旗袍吗？为什么"她"根本没化妆，又穿得很普通呢？

那家的叔叔总按时下班，吃舞小姐做出的可口的菜。他家的孩子，倒是个个穿得好漂亮，据说全是舞小姐自己缝的。

记得有一次舞小姐去了香港，回来之后，几个熟朋友都有礼物，大家问她自己买了什么。

"是想买点漂亮衣服。"她手一摊，"可是，看来看去，都嫌贵，又没什么机会穿，想想从前，穿也穿过了，玩也玩过了，还是买给丈夫跟孩子吧！"说着展示了好多为孩子买的漂亮衣服。

相信我很小的时候，就有点鬼灵精，否则那样早的事，为什么能记到今天。而且在过去的四十年，常想起这一幕。觉得"那女主人"好美，像是清澈无波的湖水，映着四面的风景。

有位大学同班的女生说得好：

"男生常抱怨追女生辛苦，好像做牛做马。他怎不想想，他大不了做牛做马几年。我们结婚之后，却要为他做牛做马几十年！"

看了许多人世沧桑，发现受婚姻改变最大的还是女人。结婚之后，男人仍然那么生龙活虎地在外面跑。只有女人，从结婚那一天，飞腾的心就落到地面；从怀孕的第一天，许多绮丽的少女梦，就被压在了心底。

直到有一天，孩子大了。看着女儿打扮，那斑白了头发的妇人，突然感慨地说：

"想当年，你老娘也跟你一样苗条漂亮！"

美丽的结束

岳父大人自五年前去过迪士尼乐园，似乎就跟那里结了仇，一提到就火大：

"没意思！热！又全是骗小孩的玩意儿！"

于是，当我去年年底提到今年春天再去迪士尼，老人家想都没想，就一挥手：

"你们去！我看家！"

我没吭气，口头上虽不再强邀，私底下却仍然在安排。又找了个不下雪的日子，带老岳父去电器行，买了架最新式的摄像机。

"以前都是我用机器拍，镜头里只有你们，没有我。"我把机器交给老人家，"现在这一架，后面有个屏幕，您眼睛虽然不好，也看得清楚。以后机器给您，由您掌镜，里头就有我了。"

老人先还推辞，听我这么说，才高兴地收下。

从那天开始，便见他提进提出，四处找画面。

有时我跟女儿玩，突然发现角落里有个人影，原来老岳父正在偷偷拍摄呢。

更妙的是，提到迪士尼，也没仇了，不但没了仇，眼睛里且闪着奇异的光彩。嘴上虽还客气说太浪费，私底下却听他跟外孙女说：

"你去迪士尼，公公给你摄像。"

果然，这七十四岁的老人家，真返老还童地成了

摄像师。总见他背着包，弓着背往前冲，然后转身举
起机器，拍我们一家的画面——尤其是他的外孙女。

迪士尼的四天，一下就过去了。

临走，在旅馆大厅，我问小女儿：

"迪士尼乐园什么地方最好玩啊？"

"米老鼠家那边的滑滑梯和电影城里可以爬上去
玩的大蔬菜最好玩。"小丫头说。

一家人都愣了，没想到那么多坐车参观的"鬼
屋""小飞侠"和"未来世界"，在小丫头心中，竟然
都比不上她自己爬上爬下的滑梯和大蔬菜。

"爸爸，你觉得哪里最好玩呢？"小丫头回问我。

想了想，我说："我觉得能带着你，又能带着公
公、婆婆，还有你妈妈一起玩，最有意思。"

"公公说！公公说！"小丫头又转身喊，"公公觉

得哪里最好玩？”

“公公没有玩，公公给你摄像，看你在镜头里玩，最好玩！”

“爸爸真不简单！”我对老岳父说，“这么大年岁，居然都跑在前面。等我到您这个年纪，绝对比不上您！”

没想到小女儿又追着问：

“等爸爸像公公那么老，公公还要不要来玩？”

老人家一笑：“那时候，公公早死了哟。”

四周的空气似乎僵住了，幸亏接我们去机场的巴士开过来。

车子很大，除了我们一家，还有另一对“夫妇”——一位灰白头发的老太太和一个满脸大胡子的老先生。

老太太是让老头子半扶半推才上车的。一路上却听老太太一个劲儿地发号施令：

"把那两个玩具放进中袋子里，再把中袋子放进大袋子里，三件并一件，多方便！听话！听话！"

我转身看他们，老太太朝我一笑，指着大胡子为我们介绍：

"这是麦克，我的 Baby。"

我吓一跳，原来那大胡子竟是她的儿子。那么老的儿子，还要叫作 Baby？

"你们玩了几天？都玩些什么啊？"我用问话掩饰自己的惊讶。

"我们不玩，只用了三天，走走！"老太太一颤一颤地点着头，"我老头子早死了，儿子也好几个孩子了。但这一次，我们谁都不带，就母子两个人。走走！走走！想想以前，我和先生牵着他来迪士尼的时候。"叹了口气，老太太突然又笑了，笑得好开心，

"唉！人生如梦，我们重温旧梦。"

小时候，我们心里最重要的，就是"我"。我要自己玩，才有意思。

然后，我们长大了。有了朋友、有了另一半，要结伴玩才有趣。

然后，有了孩子。年轻的父母带着孩子一起疯、一起玩，多过瘾！

然后，我们步入了中年，如果能牵个小的，带个老的，一家三代，一起出游，虽然拖拖拉拉，谁也走不快，但这种感觉，这种"成就感"就是满足。

再然后呢？

我们老了，玩不动了，只能静静地看、慢慢地走，看年轻人奔跑跳跃，小孙子、小孙女又跳又叫，我们好像进入梦境，模模糊糊的，只觉得好温馨、好泰然。

　　缓慢地、缓慢地，缓慢的动作、缓慢的笑。然后，像逐渐停下的电影机般，是静止的画面。看笑容静止在时空中，让记忆里的一切美好凝固。

　　生命真是奇妙——

　　由年少轻狂时的"只要我好"，到恋爱激情时的"只要你好"，到拖家带眷的"只要他们好"。

　　到有一天，把自己完全地遗忘。

　　那是多么美好的结束。

生生世世未了缘

人生就是用聚散的因缘堆砌而成，如同花开花落，花总不断。

写一个缘的故事

遇到个师大的老同学。

"教了二十多年书，有什么感想？"我问她。

"有，也没有。年年毕业班的学生对着我哭，我也陪他们哭，然后，一转身，又迎接新生入学，他们对着我笑，我也陪他们笑。在同一个学校里，甚至一栋大楼里，哭哭笑笑了二十多年，哭老了，也笑老了自己。"她停一下，叹口气，"可是，而今他们在哪里？"

可不是吗？想起我小学毕业的时候，三十四年前的往事如在眼前。"青青校树，萋萋庭草，欣沾化雨如膏……"唱着唱着，一班同学都哭了。

然后大家红着眼睛送老师礼物，搂着彼此依依不舍地道别。每一幕今天都还那么清晰，只是，他们都在哪里？

女儿也幼儿园毕业了，其实她的毕业只是做样子，幼儿园跟小学在一块儿，连教室都连着，升入小学只不过换间教室，换个导师而已。

"不！"小女儿哭着喊，"也换了同学。"

"他们分班了。"妻解释，"老师把原来要好的小朋友都拆散，分到不同班。有些小鬼气得不要上学了。"

"为什么呢？"

"老师说，一两个小孩子总腻在一起，会影响他们交新朋友，也会影响他们未来的人际关系。"

多么奇怪的论调啊。不过再想想，西方社会根本就有这种"追新"的精神。一个职员如果业余进修，往往公司付学费；进修拿到文凭，可以要求公司加薪；加薪不满意，可以跳槽。

当我初到美国，不解地问公司主管：

"好不容易培植出来的人才，跳槽走了，不是太冤了吗？"

那主管一笑："你怎不想想，有人跳走，也有人跳来呀。跳来的那人也是前面公司栽培的。他把另一个公司的经验带给我，我的人也把我们的经验带给别家公司。这样交流，才有进步。"

记得以前教过的班上，有两个女学生，好得不得了。总见她们一块儿进教室，一块儿去餐厅，一块儿坐在图书馆。

有一天，发现她们分开了，连在教室里，都好像故意坐得离很远，我心想，两个人必定是吵架了，好奇，但不好意思问。

隔了多年，在街上遇到其中一个，聊起来，谈到"另一位"。

"哦！"她笑笑，"我们没吵架，是约好，故意分开的。"

"为什么？"

"为了彼此好。两个人形影不离，男生还以为我们是同性恋，约一个，只怕另一个也会跟着，结果都交不到男朋友，这怎么得了！"

于是她们分开走，分别谈了恋爱，也都结了婚。

"你们还联络吗？"

她居然摇摇头："都忙，找不到了。"

我最近倒是找到个以前的好朋友。

我们曾经一起上高中，一起逃学，一起感染肺病，也一起到国外。

他去了中南美，潦倒过、风光过，有一回过纽约，谈他的艰苦，让我掉了眼泪。

又隔些时间，接到他的信，说："活着，真好。"打电话过去，已换号码，之后我搬了家，居然从此断了音信。

最近一位台北的友人，终于为我找到他在迈阿密的电话，拨通，是他的声音。好高兴，又好生气，劈头骂过去："好小子，为什么十年没你消息？"

"能呼吸，真好！"他的语气变得不像以前那么热烈，却有了一份特殊的祥和，"我们能又联络上，真是个缘。"

"缘早有了。

"缘是断断续续、时时刻刻的。"

于是，我们又常有了夜间的长谈，仿佛回到二十多年前，他坐在我的画桌前。我们谈到生死，谈到他新婚的妻子和信仰的先知，也谈到学生时代的许多朋友。

"只是，他们都在哪里？"我一笑。

"相信，大家还会有缘。"他也一笑。

接到个老学生的信，谈到感情，满纸牢骚。

"人生就像拼图，拿着自己这一块，到处找失散的那些块，有时候以为拼成了，才发现还是缺一角。于是为那一角，又出去找，只怕今生今世都找不到。"

回信给她：

"早早找到，说不定就没意思了，人生本来就是个永远拼不成的图，让我们不断寻找，不断说对，不断说错；不断哭，不断笑，也不断有缘，不断失去那个缘分。"

可不是吗！从小到大，我们唱了多少次骊歌？掉过多少次眼泪？又迎过多少新？且把新人变旧人，旧人变别离。

每次看见车祸，满地鲜血，一缕青烟，我就想，当他今天离开家，和家人说再见的时候，岂知那再见是如此的困难。

于是，每次我们回到家，岂不就该感恩欢叹，那是又一次珍贵的相聚。

"过来昨日疑前世，睡起今朝觉再生。"古人这句话说得真是太好了。 从大处看，一生一死是一生；从小处看，"昨天"何尝不是"前世"，"今日"何尝不是"今生"？

　　人生就是用聚散的因缘堆砌而成。这样来了，这样去了，如同花开花落，花总不断。没有人问，新花是不是旧花。

　　人生也是用爱的因缘堆砌而成。我们幼儿园最爱的老师在哪里？他还在不在人世？我们小学最好的朋友在哪里？我们还记不记得彼此的名字？我们的初恋情人在哪里？为什么早已失去了感觉？我们的家人在哪里？我今晚能不能与他相聚？

　　何必问前生与来生，仅仅在今生就有多少前世与来生，就有多少定了的约，等我们履行？多少断了的缘，等我们重续？就有多少空白的心版，等我们用明天，去写一个缘的故事。

　　多美啊！生生世世未了缘。